メタブックはイメージです

ディリュージョン社の提供でお送りします

はやみねかおる

講談社
タイガ

目次

イラスト――ながべ
デザイン――bookwall

メタブックはイメージです

ディリュージョン社の提供でお送りします

OPENING

「それでは、森永美月《もりながみつき》君の益々《ますます》の活躍を祈願して——乾杯！」

富田林《とんだばやし》先輩が、生ビールのジョッキを勢いよく持ち上げる。

「……どうも」

わたしは、軽く頭を下げ、ジョッキを持つ。

富田林先輩が、とてもいい人だとは認める。わたしが入社してから、ずっと面倒を見てくれている。

でも……。

「どうして、毎月、お祝いしなきゃいけないんですか？」

わたしは、壁に張られた『祝！　森永美月勤続四ヵ月記念！』の横断幕《おうだんまく》を見る。ちなみに、富田林先輩の手作りだ。

「めでたいことがあったら、お祝いする。当然のことやろ。おまえが馘首《くび》にならんと、四ヵ月も勤務できとるんや。こんなめでたいことは、あらへん」

富田林先輩が、わたしの背中をバンと叩《たた》く。

わたしはスマホを出し、先月録音した音声ファイルを再生する。

メタブックはイメージです
ディリュージョン社の提供でお送りします

『三ヵ月も勤務できとるんや。こんなめでたいことは、あらへん』——スマホから、先輩の声が流れた。

「来月は、『勤続五ヵ月記念!』をやるでな」

うれしそうに言う。

わたしは、溜《た》め息《いき》をついて周りを見回す。

「だったら、なんでこんな店なんですか?」

焼き鳥の煙でかすんだ店内。唐揚げとホッケの匂《にお》いに、大きな声で話すおじさんたち。その間を、忙しそうに動き回る店員さん。

わたしたちがいる座敷《ざしき》席は、半分が外国人のお客さん。わたしたちが刺身を食べてるのを不気味そうに見てるけど、わたしにしたら、大量のケチャップとマヨネーズをかけたフライドポテトの方が気味悪い。

まぁ、嫌いじゃないけどね、この居酒屋の雰囲気……。

「贅沢《ぜいたく》は言いませんが、せめてノーネクタイでは入れないような店にしてくれませんか?」

すると突然、富田林先輩の目が、危ない人の目になった。

「それやったら会費制にするで。当然、おまえからも金を取る!」

断言しやがった。

「なんで、わたしのお祝いなのに、わたしも出さなきゃいけないんですか！」

文句を言うわたしの横で、Qちゃんが恐る恐る手を挙げた。

「わたしからも、質問があります。どうして森永さんだけ勤続四ヵ月記念のお祝いをするんですか？　わたしも、同期入社で勤続四ヵ月なんですけど……」

なんだ、自分もお祝いしてほしかったのか。

「やって、Qちゃんは、馘首にならへんのが当たり前やんか。当たり前のことを祝わんでもええやろ」

富田林先輩の説明が、わたしの心をグサグサ傷つける。

「今夜は、『森永の奇跡』を祝ったってぇな」

わたしが勤続してることが、『森永の奇跡』とネーミングされている。なんとなく、格好《かっこう》いいじゃないか。

富田林先輩の話に、Qちゃんは神妙な顔でうなずいた。祝ってもらえないことを哀《かな》しんでる感じはない。どちらかというと、ホッとした表情だ。

Qちゃんの本名は、九瑠璃《るり》という。〝九〟が名字で——。

……。

わたしは、彼女をつついて訊《き》く。

「ねぇ、ねぇ。Qちゃんの名字って、なんて読むんだっけ？」

「『九』一文字で、『いちじく』！　森永さんに教えるのは、これで七十六回目です！」

手帳を出し、几帳面《きちょうめん》に回数を記録するQちゃん。

「あと、Qちゃんではなく、正確に九《いちじく》さんと呼んでください。これを言うのも、七十六回目です」

神経質な奴《やつ》だ。

わたしは、口を尖《とが》らせて言い返す。

「でもさ、〝九《いちじく》さん〟なんて他人行儀でしょ」

「いいんです、森永さんとは他人なんですから」

きっぱり壁を作られてしまった。同期なんだから、壁を乗り越えてきてほしいんだけどな……。

「いやぁ、二人は仲がええなぁ」

富田林先輩が、わたしたちの首に腕を回す。先輩、かなり酔ってるなぁ……。

さて、このへんで自己紹介を――。

わたしの名前は、森永美月。この春からディリュージョン社で働いている新人エディター だ(〝有能な〟という形容詞をつけなかったことで、わたしの奥ゆかしい性格がわかると思う)。

あまり特徴のない、平凡な人間だと思ってるんだけど、周りからは違う声が聞こえてくる。

「本を読まない人間で、ディリュージョン社に入ったのは、おまえが初めてだ」

「本だけじゃなく、空気も読まないな」

「女子プロレスに行った方がいいんじゃないのか？」

――これらは、すべて黙殺するようにしている。

入社したばかりの頃は、就職浪人にならなかったことに感謝し、とにかく馘首にならないことだけを考えていた。

それこそ、富田林先輩に祝われても、

「ごっつぁんです！」

と喜んでいた。

でも、最近は少し違う。いろいろ失敗をするときもあるが、ようやく仕事のおもしろさがわかってきたところだ。これからも一生懸命仕事を覚えて、一日も早く一人前のエディターになりたいと思っている。

幸いなことに、こうしてお祝いしてくれる仲間にも恵まれたしね。

まず、富田林先輩。

以前は、俳優養成事務所と契約し、ディリュージョン社に出入りしていた。今は、ディリュージョン社の調査室室長をしている。調査室というのは、社内の情報管理や他社の情報収集をするのが仕事だ。現場の手が足りないときは、過去の経験を活《い》かし、アクターの助《すけ》っ人《と》になることもできる。オールマイティで頼りになる先輩だ。

四十歳でバツイチ。別れた奥さんのところにいる子供の養育費を、きちんと払ってるところは好感が持てる。あと、外見はピンクパンサーのぬいぐるみを、さらに垂れ目にしたような感じ。

Qちゃんは、恋愛小説を扱うL1課のエディター。同期なのに、わたしに敬語を使うという、礼儀正しい女の子。

ショートカットに銀縁眼鏡《めがね》、小柄で色白のQちゃんは、誰が見ても文学少女。いつも本を読んでいて、バッグには常に文庫本が数冊入ってる。

知り合ったのは、新人研修のとき。隣に座った彼女に「本ばかり読んでるけど、おもしろいの？」って訊いたら、珍獣を見る目を向けられた。

「同期に、本を全く読まないのにディリュージョン社に入った人がいるって聞いたけど、森永さんのことだったんですね」

そして、逆に訊かれた。

「本を読まないのに、どうしてディリュージョン社に就職したんです？」

他に雇《やと》ってくれる会社がなかったんだよ！　――という台詞《せりふ》を飲み込み、

「あえて、苦手な分野に挑戦しようと思ってね」

不敵な笑いとともに、答えてやった。

次の瞬間、Qちゃんはスマホを出して、わたしの写真を撮った。変わった動物の写真を集めるのが趣味だと、後で教えてくれた。

ガッデム！

……思い出し怒りをしてる場合じゃない。

わたしたちの会社――ディリュージョン社について、説明しておこう。

詳しいことは会社パンフレットを見てもらえばいいとして、簡単に書くと、物語を現実世界に出現させるのが仕事だ。

これで、わかってもらえるだろうか？

一冊の本を読んだとき、「この本の登場人物になってみたい」とか「本の世界に入ってみたい」という思いを、ディリュージョン社は叶《かな》えることができる。

例えば、あなたが『シンデレラ』を読んでシンデレラになりたいと思ったとする。ディリュージョン社は、あなたを顧客《リーダー》としてお迎えする。

わたしたちエディターは、あなたと打ち合わせをして、『シンデレラ』をどのようにリーディングするかを相談する。

我が社には、リーディングのために用意された『シンデレラ』が何冊もある。これらの本は、メタブックと呼ばれている。

予算や時間、顧客《リーダー》の資質などから、エディターは最適のメタブックを選び、準備にかかる。顧客《リーダー》以外の登場人物を演じるのは、アクターだ。富田林先輩は、ディリュージョン社と契約した俳優養成事務所で、このアクターの演技指導をしていた。

このように、『シンデレラ』のような有名な物語なら、セットもメタブックもノウハウも、豊富に用意されている。

問題なのは、今までにない物語を希望する顧客《リーダー》だ。

「旧家で起こる連続殺人事件を扱った推理小説をリーディングしたい」

こんな希望を叶えるために、ディリュージョン社にはライターと呼ばれる人間がいる。

「旧家には古い絵描き歌が伝わっていて、その歌の通りに殺人が行われるんだ。密室殺人に始まり、ダイイングメッセージも出てくるのがいいな。登場人物は、双子の姉妹や、仮面を被《かぶ》った謎の男、右利《みぎき》きなのに左手も器用に使える子供なんか出してほしいな。あと、自分が探偵役をするのは当然として、助手として美人の女子大生をつけてほしい。これは、絶対条件！　それから――」

こんな風に、ややこしい注文にも応《こた》えなければならない（これだけ具体的なストーリーがあるのなら、自分で書けばいいのにと、わたしは思う）。

ライターは、顧客《リーダー》の希望通りのメタブックを書き下ろす。こんな特別注文で行われるのが、オプションリーディングだ。

ディリュージョン社には、今までに書き下ろされたメタブックが何冊もある。

よろしければ、それらのメタブックを読んで、ぜひオプションリーディングを申し込んでほしい。――と、営業職のような文章を最後に、場面を居酒屋に戻そう。


「でも、いいですね森永さんは。仕事の悩みなんてないでしょ」

Qちゃんが、溜め息と共に愚痴《ぐち》をこぼす。

わたしは、余裕の微笑《ほほえ》みを浮かべて答える。

「何言ってんのよ。悩みなんか、バーゲンセールできるぐらい抱《かか》えてるわ。でもね、それを周りに感じさせないように頑張ってんのよ」

「まったく信用できない言葉ですね」

トゲの付いた言葉を、投げつけてくるじゃないか。

でも、ここは友だちとして、Qちゃんを正しい方へ導いてあげないとね。

「恋愛小説扱ってるL1課にいて、贅沢なこと言っちゃダメだって。L1課は、女性エディターの憧《あこが》れの部署なんでしょ。それに比べて、わたしはM0課……。推理小説の中でも本格ミステリー担当の部署。わたし、本格ミステリーなんて読んだことないのに、頑張ってんのよ」

「論理的に二つ間違いがあります。一つは、女性エディター全《すべ》てがL1課に憧れているわけではありません。現に、わたしは恋愛小説は好きじゃありません。そしてもう一つは、森永さんが『本格ミステリーなんて読んだことないのに』という部分です。あなたは、本格ミステリーに限らず、本を読まない人種じゃないですか！」

……反論のしようがない。

わたしは、助けを求めて富田林先輩を見る。

「二人とも、難しい話はやめて、飲め飲め。若いうちだけやぞ、先輩から奢《おご》ってもらえるんは」

なるほど。確かに、そのとおりだ。

わたしは、ビールのジョッキを持ち上げる。

「でも、お金大丈夫なんですか？　先輩、養育費も払わなきゃいけないのに……」

この質問に、富田林先輩は余裕の笑みを浮かべる。

「心配せんでええ。実は、もう一人〝財布〟を呼んであるんや」

「財布？」

「あいつ売れっ子ライターやからな。金は持っとるはずや」

この言葉に、わたしはドキッとする。

「ひょっとして……手塚《てづか》さん、来るんですか？」

手塚和志《かずし》、二十五歳。作家としてデビューしたのは中学時代。天才と言われるだけあって、少々変わっている。「高校に行くより原稿を書く方が楽しい」と、進学せずに引きこもっていたところをディリュージョン社に採用されたそうだ。

以前はL1課にいたんだけど、異動でM0課に来た。わたしの教育係みたいな役割があり、「動物園の飼育係の方が楽だ……」と、周りに愚痴ってるのを聞いたことがある。

人間性には大きな問題がある人だけど、その才能は本物で、「手塚のメタブックは現実化する」とまで言われている。

富田林先輩が、スマホを出す。

「さっき、平井《ひらい》課長に呼び出されて遅れるって、ラインが入ったんや。そやけど、そろそろ来る頃やけどな――」

「その前に、お開きにしましょう！　手塚さんが来たら、楽しい雰囲気がぶち壊しです。『酒を飲んでる時間があったら、一冊でも本を読め』ってうるさいんですから！」

すると、背後で、

「わかってるなら、読め」

と、地獄から響くような声がした。振り返らなくてもわかる、手塚さんだ……。

わたしは居住まいを正し、おしとやかに頭を下げる。

「お待ちしてました、手塚さん」

「……………」

手塚さんは、わたしの愛らしい笑顔を無視して、わたしの隣の座布団に座る。そして、向かい側に座ってるQちゃんを見て、「誰？」というように、首をひねった。

Qちゃんが、先に頭を下げて名刺を出す。

「初めまして。森永さんと同期の九《いちじく》瑠璃です」

「ああ、手塚和志です」

手塚さんも名刺を出した。そういえば、二人は初対面だ。

わたしは、手塚さんの脇《わき》をつついて訊く。

「名刺を見ただけだったら、彼女の名前、読めましたか？」

「〝いちじく〟だろ。一字で九を表してるから、いちじく——ディリュージョン社につとめる人間なら、基本的な教養だな」

サラッと答える手塚さん。実に、つまらない男だ。

手塚さんが、Qちゃんの名刺を見て言う。

「九さん、L1課なんだ。懐《なつ》かしいな。おれ、M0課の前は、L1課にいたんだよ」

「そうなんですか」

Qちゃんの声が、弾《はず》んでるように聞こえる。

見たことのない彼女の表情。わたしは、頭の中で『湯沸かし室調査書　女子社員編』を開く。それによると、Qちゃんは社会人になってから歳上の彼氏と別れ、それ以降、特定の男性との付き合いはない。

――さっき、恋愛小説は好きじゃないって言ってた。彼氏と別れて、恋愛に対して臆《おく》病《びょう》になってるのかもしれない。しかし、彼女は根っからの〝夢見る文学少女〟。常に出逢《であ》いを求めていてもおかしくない。そこに、（人間性に大きな問題はあるけど）なかなかのイケメンである手塚さんが現れたらどうなるか？

わたし、なんだかワクワクしてきたぞ。

目を輝かせるわたしに気づかない手塚さんとQちゃんは、会話を続ける。

「石上千登勢《いしがみちとせ》さんは、まだL1課だろ。元気かな？」

「ええ。わたしは、いつも怒られてます」

「たいしたことないって。おれなんか、毎日怒鳴《どな》られてたから」

共通の知人の話で盛り上がる二人。

手塚さんに、石上さんって誰か訊いたんだけど、無視されるわたし。仕方なく、富田林先輩に訊く。

「L1課の、ベテランエディターや。まだ四十歳ぐらいやから、お局《つぼね》様って感じやない。独身で、仕事はかなりできる。ほんまは、M0課に入りたかったみたいなことを、チラッと聞いたことがある」

M0課に？　そんな奇特な人がいるのか……。

手塚さんが、懐かしそうに言う。

「石上さんには、ずいぶん鍛《きた》えられたな。誰にも教えられることなく書いてたおれに、物語の書き方を一から教えてくれた人だ。当時のおれは十代の生意気盛り。ずいぶん逆《さか》らったけど、彼女のおかげで、まともな社会人になれたような気がするよ」

わたしは、手塚さんの言葉に引っかかる。

今が〝まともな社会人〟だったら、当時は、いったいどんな人間だったんだ？

「どうした、森永？　顔色が悪いぞ。飲み過ぎか？」

「……いぇ、まぁ」

手塚さんの質問に、曖昧《あいまい》に答えて、わたしはジョッキを手に持つ。

「あんまり、ガバガバ飲むなよ。明日の仕事に影響するぞ。おまえも社会人なんだから、自覚を持て」

「…………」

お小言《こごと》を聞きながら飲むビールは、うまくない。

手塚さんが、わたしからQちゃんに視線を向ける。

「石上さんに、近いうちに手塚が挨拶《あいさつ》に行くって言っといてよ」

「それが――」

Qちゃんの言葉が途切れる。

「何かあったのかい？」

手塚さんが訊く。こんな心配そうな声が出せることに、わたしは驚く。

「実は、わたしと石上さん、新しいリーディングの件で困ってるんです。L1課にいた手塚さんなら、『あなたと二人組』の噂《うわさ》は知ってますよね」

「ひょっとして、『あなたと二人組』のリーディング依頼があったのか？」

「はい」

Qちゃんと手塚さんの顔は真剣だ。

「なんですか、『あなたと二人組』って？」

わたしの質問は、当然のように無視される。代わりに答えてくれたのは、富田林先輩だ。

「森永は、聞いたことあらへんか？　ディリュージョン社には、関《かか》わった者を不幸にする呪《のろ》われたメタブックがあるって話――。そのメタブックが、『あなたと二人組』や」

「へぇ、そんなのがあるんですか」

のほほんと答えたら、Qちゃんに睨《にら》まれた。

手塚さんが訊く。

「石上さん、リーディングに反対しなかったのか？　おれがL1課にいたときも依頼があったけど、石上さんの猛反対で、断ったことがあったぞ」

「それが、今回は断り切れなかったんです。依頼者が北野純次《きたのじゅんじ》で、今回のリーディングをメディア展開したいという話なんです。新しい市場が開拓できそうだと、課長だけでなく会社全体が乗り気で……」

手塚さんが首をひねって、わたしを見る。

「北野純次って、誰だ？」

さっきから質問を無視されたわたしに、答える義務はない。しかし、優しいわたしは口を開いていた。

「えー、手塚さん知らないんですか？　超有名な、超常現象研究家ですよ。元はテレビ局のディレクターで、超常現象の番組を作ってるうちに自分の霊能力に気づいたと言ってます。今は、いろんな場所で起こる超常現象を調べて、『やばいよやばいよ』ってＤＶＤのシリーズにしてるんですけど、見たことありません？　若者文化の常識ですよ。手塚さんって若く見えるけど、中身はオッサンなんですね。加齢臭防止のスプレー、買ってあげましょうか？」

わたしに殴りかかろうとする手塚さんを、富田林先輩が羽交《はが》い締めして押さえる。

「……すみません、もう大丈夫です」

息を整える手塚さん。わたしに向かって「フン！」と鼻を鳴らし、Ｑちゃんを見る。

「うちの会社も、金に目がくらむようになったのか。情けない話だな」

Qちゃんがうなずく。

わたしは、口を挟む。

「そんなに騒ぐような話なんですか？　だいたい、呪いとか超常現象なんてあるはずないんですから、気楽に引き受けたらいいじゃないですか」

「森永は、幽霊とか呪いとか、怖くないのか？」

「生きてる人間の方が怖いです。わたし、しょっちゅう手塚さんからハリセンで叩かれるけど、幽霊には殴られたことありませんからね」

「………」

Qちゃんと手塚さんが、暗い表情で黙り込む。

富田林先輩が、わたしの肩を叩く。

「おれも、呪いなんかあるはずないって思とる。やけどな、噂を聞いた範囲やと、『あなたと二人組』の呪いは、本当《ガチ》や」

「ガチですか……」

わたしは、なんだか怖い雰囲気になりそうなのを感じて、店員さんを呼び止める。

「すみません、生のジョッキを人数分追加。あと、揚げ餃子《ギョーザ》のガチ盛りください」

よし、これで話を聞く準備はできた。

わたしは、ジョッキを片手に、富田林先輩の話を待つ。

「『あなたと二人組』は、今から十年ぐらい前——手塚が入社した頃に、登呂井隻《とろいせき》によって書かれたもんや」

「登呂遺跡?」

わたしの呟《つぶや》きに、富田林先輩は首を横に振る。

「登呂井が名字で、隻が名前や。覆面《ふくめん》ライターを売りにしてた」

覆面ライター?　バッタの改造人間みたいな響きだ。

「年齢や性別を隠したライターのことや。まぁ、社内の人間は会《お》うたことあるから、素性は知ってたけどな。おれも一度だけ会うたことあるけど、背がひょろひょろ高《たこ》うて、無口で何考えてるかわからん奴という印象しかないな。ずっとM0課で本格のメタブックを書いてきた奴や」

あれ?

わたしは、手を挙げる。

「登呂井さんって、L1課のライターじゃないんですか?」

指をチッチッチと振る富田林先輩。

「『あなたと二人組』以外は、みんなM0課のメタブックや。なんでかわからんが、『あなたと二人組』だけL1課にわたしたんや。しかも、エディターに石上女史を指定してな。登呂井隻は人気ライターやったから、L1課に取られて平井課長は悔《くや》しがったそうやで」

不思議な話だ。ずっとミステリーを書いてきた人が、どうして急に恋愛ものを書いたんだろう？

「理由を言ってないんですか？」

「少なくとも、知っとる奴はおらんみたいやな」

「訊いてみたらいいじゃないですか」

「それは無理や」

「どうしてです？」

「『あなたと二人組』を書いてから、登呂井隻は死んだんや。いや、死体が見つかっとらんから、本当のとこはよぅわからん」

「死体が見つからなかったって……？」

「二時間ドラマのエンディングに出てきそうな断崖絶壁《だんがいぜっぺき》に、遺書と靴が残ってたんや。遺書には、〈『あなたと二人組』を書いてしまった。呪いの時間が始まった〉と書かれてたそうや」

おお、なんだか怖い雰囲気になってきたではないか。

ワクワクしてるわたしと違い、Qちゃんは怯《おび》えてうつむいている。

その彼女を見つめる手塚さん。おい、かつてそんな目で、わたしを見たことがあったか？

わたしは、二人を無視することにして、富田林先輩に訊く。

「その『あなたと二人組』って恋愛ものとして、できはどうなんですか？」

「知らん」

あっさりした返事。

「実を言うと、読んでへん。おれだけやないで。たぶん、読んどんのはL1課の石上女史と、当時の課長ぐらいやろな。〈『あなたと二人組』を読んだ人間は社内に二人しかいない〉って、よう言われたもんや。ちなみに、当時の課長は肝臓の病気で死んだ」

「死んだって……呪いのせいですか？」

「違うと思うで。かなり前から肝臓の数値がレッドゾーンに突入しとったっていわれてたからな。そやけど、何か不幸があると、みんなは呪いのせいやないかと疑《うたご》うた」

「………」

「登呂井の遺書と課長の死で、なんとなく嫌な雰囲気が広がった。石上女史は、自分以外の者に『あなたと二人組』を読まないようにと注意した。——手塚、おまえも読んでへんやろ？」

うなずく手塚さん。

「わたしも、読んでません。今度、顧客《リーダー》と打ち合わせするとき、わたしてもらえる予定です」

Qちゃんが言った。わたしも読んでないんだけど、言わなくてもわかってるだろうから黙っていた。

手塚さんが口を開く。

「おれは、MO課にある登呂井隻のメタブックを読みました。ミステリとしては平凡な作品ばかりでしたが、文章は、なかなかのレベルでした。情景描写も心理描写も独特で、読んでいるだけでリーディングをしている気分になれました。ただ――」

ここで、彼は少し言葉を切った。

「トリックやストーリー構成は、好きになれませんでした。ストーリーのために、人間を物のように扱っている。トリックのためのトリックというか……。極端な話、おもしろいトリックを思いついたから人を殺す――そんな感じがしました」

「………」

「おれは、メタブックを書くときに、現実世界ではないけど〝人を殺す〟覚悟をもって書いてます。でも、登呂井隻のメタブックに、その覚悟は感じられませんでした。どこか、人に対して冷めた目を持ってるなと思いました。おれとは、目指すものが違うなと――」

「………」

「トリックを使わず、ミステリーというジャンルに拘《こだわ》らずに書けば、登呂井隻は良いライターになったと思います。〝人間って素晴らしい〟という思いを書きたいおれにとって、理想とも言えるライターです」

わたしは感動した。

「すごいです。正直、手塚さんが、こんなに人間愛に満ちた人だとは思いませんでした。天上天下唯我独尊《ゆいがどくそん》の〝超おれ様〟野郎だと思ってましたから。目の前で誰かが困ってても、『関係ないね』って突き放せるのが手塚さんに対するイメージです。あるいは、他人の傷口になら練り辛子《がらし》を擦り込むことができる人間というか――」

わたしの言葉は、手塚さんに首を絞められることで、強制的に止められた。

「森永が、おれのことをどんな風に見てるのか、よくわかった」

そういう手塚さんの目が、ブリザードのように冷たい。

わたしを無視して、続ける。

「いろいろ不満な点を言いましたが、彼のメタブックがおもしろいことは確かです。ロングセラーで、よくリーディングが行われるのも納得できます」

Qちゃんが、手塚さんに質問する。

「MO課にあるメタブックを読んでも、呪いは起きなかったんですか？」

「ああ、今のところは――。無能なエディターと組まされるのが、ひょっとすると呪いかもしれないが……」

無能なエディター？

首を捻《ひね》るわたしに、Qちゃんがハンドバッグから手鏡を出し、わたしに向けた。どういう意味だ！

今度は、富田林先輩を見るQちゃん。

「わたしみたいな若造が言えることじゃないかもしれませんが、『あなたと二人組』を絶版にすることはできないんですか？」

「書いた当人の登呂井隻が言わん限り、無理やろな。登呂井隻は今でも人気ライターや。会社としては、『あなたと二人組』を登呂井隻の遺作として、どんどんリーディングをやっていきたい——これが、本音や」

わたしは、一番気になってることを富田林先輩に訊く。

「それで、『あなたと二人組』に関わったら、どんな呪いがあるんですか？」

「聞いた話やで、尾ひれがついとるかもしれんけど——」

富田林先輩が、指折り数える。

「おれが知っとるんは、全部で三つや。一つ目は、リーディングを依頼してきた顧客《リーダー》。依頼したときから、妙な頭痛に襲われたりしたそうや」

「難しい本でも読んだんじゃないですか？」

わたしの発言は、無視される。

「頭痛だけでなく、身の回りで物がなくなったり、無言電話がかかってきたりした。それで怖くなった顧客《リーダー》は、依頼を取り下げた。しばらくして、二人目の依頼があった。このとき被害があったんは、顧客《リーダー》やなく、Ｌ１課のエディター。家で『あなたと二人組』を読もうとプリントアウトして、車に載せた。すると、帰る途中で事故に遭った。徹夜続きで、事故に遭うても仕方ない状況やったそやけどな。幸い、エディターは助かったんやけど、プリントアウトした『あなたと二人組』は車と一緒に燃えてしもうた。顧客《リーダー》は、この事故だけやのうて、一人目の顧客《リーダー》の身に妙なことが起きとったことも知って、依頼を取り下げた」

話を聞いていて思った。不幸な出来事を、全て呪いのせいにしたら楽だろうなって……。

「この頃になると、ぎょうさんの者《もん》が『あなたと二人組』のせいやないかと考えるようになった。そして、次の被害が出たとき、呪いの話は決定的になった」

「次の被害に遭ったのは誰なんです？」

「石上さんだよ」

わたしの質問に答えたのは、手塚さんだ。

「今でも、はっきり覚えてる。三度目のリーディング依頼があり、おれと石上さんが担当することになった。おれたちは残業して、顧客《リーダー》との打ち合わせ資料を作っていた」

「ちょっと待ってください。担当したってことは、そのときに、手塚さんは『あなたと二人組』を読んでいるんじゃないですか?」

「いや、打ち合わせが終わったら、読ませてもらう予定だったんだ」

「読まずに、打ち合わせなんてできるんですか?」

「おれもそう思った。でも、石上さんは、心のどこかで呪いを心配してたんだろうな。ギリギリまで、おれに読ませたくなかったみたいだ」

なるほど。

「夜も遅くなり、社内で残ってるのもおれたち二人ぐらいだった。そろそろ帰ろうかと石上さんが言ったとき、L1課の電話が鳴った。受話器を取ると、男のボソボソした声がした。聞きづらかったが、『今、会社の前まで来ました』と言ったような気がした」

えっ、これって……。

手塚さんの声が、頭の中で「わたし、メリーさん。今、会社の前まで来たの」って声に変換される。

「石上さんが出前《でまえ》でも頼んだのかなと思って、会社の前まで来たそうですって言った。でも、石上さんはキョトンとしてる。出前なんか頼んでないと言う。じゃあ、今の電話はなんだったんだって思ったとき、また電話が鳴った」

次に手塚さんが言ったのは、予想したような言葉だった。

「『今、L1課の前まで来ました』――。ドアの方を見ると、人影が見える」

わたしは、ワクワクする。怪談話ってのは、〝お約束〟が大事なんだ。先が読めるから、安心して怖がることができる。

「おれも石上さんも、驚いて動けなかった。ノックの音に続いて、徐々にドアが開く。その向こうに、ひょろひょろした男が立っていた。そのときはわからなかったんだけど、後で見せられた写真でわかった。立っていたのは、登呂井隻だった」

おおー！

予想通りの展開に、わたしは拳《こぶし》を握る。

「本当に、登呂井隻だったんですか？」

おそるおそる、Qちゃんが訊いた。

「断言はできないが、間違いないと思う」

「でも、登呂井さんは亡くなったはずじゃ……」

「幽霊だろうが何だろうが、取り押さえようと思ったんだ。でも、急に電気が消えて――。暗闇《くらやみ》の中、何もできなかった。次に電気がついたとき、もう誰もいなかった」

聞いていたQちゃんの顔色が悪い。

富田林先輩が、口を開く。

「三度目のリーディングは、中止になった。それ以降、『あなたと二人組』はアンタッチヤブルになったんや」

呪いの話が終わった。

満足したわたしは、店員さんを呼んで、ビールの追加をお願いする。

「あっ……もう、わたし飲めませんから」

Qちゃんが、手を振る。

「じゃあ、何か食べる？　甘うま丼《どん》とかどう？」

こってり料理の載ってるメニューを、Qちゃんに見せる。顔を背《そむ》けるQちゃん。

手塚さんが、わたしの脳天にビールのジョッキを置く。

「森永には、デリカシーというものがないのか？　これから彼女は、『あなたと二人組』のリーディングをしなきゃいけないんだぞ。呪いの話を聞いた後、甘うま丼なんか食べる気になれんだろ！」

「そんなに怯えなくてもいいじゃないですか。呪いっていっても、妙なことが起きただけで、命の危険があるわけじゃなし」

「わからんぞ」

……えっ？

「確かに、これまで呪い殺された事例はなかった。課長が死んだのも、ただの偶然だろう。しかし、これから先についてはわからん」

メタブックはイメージです
ディリュージョン社の提供でお送りします

聞いているわたしの頬《ほお》を、冷たい汗が流れる。

ご愁傷《しゅうしょう》様——わたしは、Qちゃんに向かって手を合わせる。

「いや、手を合わせるだけじゃなく、もっと親身になってやれよ。彼女は、森永の同期なんだろ」

手塚さんが言うけど、他部署で働く彼女の心配ができるほどの余裕はない。

続いて、わたしの頬に富田林先輩のジョッキが押しつけられる。

「あと、遠慮って言葉も覚えた方がええで。いくら奢ってもらえるっちゅうても、飲み過ぎや」

わたしは、目の前に重ねられた皿と、空になったジョッキを見る。

なるほど……。確かに、これだけ飲み食いすればじゅうぶんだ。

ごちそうさま——わたしは、富田林先輩に向かって手を合わせる。

そう、このときのわたしは、絵に描いたようなお気楽者だった。

もしタイムマシンがあったら、懇々《こんこん》と説教してやりたいところだ。

メタブック『あなたと二人組』抜粋

第一章　出逢い

急激に冷え込んだ朝。川上冬樹《かわかみふゆき》は、いつもより二十分遅くアパートを出た。様々なものを詰め込んだ押し入れから、冬物の服が入った段ボール箱を探すのに、時間がかかったのだ。

何とか見つけた冬物のコートは、防虫剤のナフタリンが、酷《ひど》く臭う。

——何日も前から、天気予報で寒くなると言ってたのに、もっと早く準備しておけばよかった。

コートの胸ポケットに、数本残ったタバコをむき出しのまま入れて、靴を履《は》く。

——この靴……。また、課長に怒られるな。

汚れた靴を見ながら、身だしなみに厳しい女性上司の顔が浮かぶ。

アパートの鍵《かぎ》をズボンのポケットに入れ、走る。

ここまでは、あわただしいが、普段とあまり変わらない冬樹の日常だった。

ただ一つ違ったのは、神霜千晶《かみしもちあき》とすれ違ったことだった。

（略）

「大丈夫ですか……？」

千晶が、心配そうに倒れている冬樹を見る。

――何が起きたんだ？

考える冬樹。電柱に、思い切りぶつかって倒れたとわかったのは、千晶がハンカチで冬樹の鼻血を拭《ふ》いてくれたときだった。

「あっ、大丈夫です、大丈夫！」

いろんなポケットを探《さぐ》り、ハンカチを探す。アパートの鍵や、むき出しの小銭。コートの胸ポケットではナフタリンが砕《くだ》け、強い臭いを放つ。

――え～い、忌々《いまいま》しい！

ナフタリンの破片をかき出すのと同時に、指に触れたタバコを吸って落ち着こうとする。

――タバコも、つぶれてる……。

かなりの衝撃で電柱にぶつかったのだと、冬樹は理解した。

「え～っと……ライター持ってます？」

（略）

鼻血を流しながら、冬樹は千晶に訊いた。

第四章　切っ掛け

（略）

千晶は、自分の家が嫌いだった。

二階建ての木造家屋。アジサイや柿《かき》の木が植わった庭は、寂《さび》しい感じがする。ベランダでは野良猫《のら》が集会を開き、獣《けもの》臭が洗濯物に移ってしまう。

まだ、両親や姉と暮らしてるときは良かった。しかし、両親が事故で亡くなり、姉が嫁《とつ》いでいった今、つまらない生活をますますつまらないものにしていた。

しかし、その日は違った。

——冬樹が遊びに来る。

そう思うだけで、自分の家が、とても素敵な場所に思えた。

家中を掃除し、どうやって冬樹をもてなそうか考える。

——そうだ、桜餅《さくらもち》を作ろう。

千晶は、母がよく作ってくれた桜餅を、懐かしく思い出す。

——家族は、誰も桜餅の葉を食べなかったけど、冬樹さんはどうかしら？

（略）

第六章　日常

（略）

メタブックはイメージです
ディリュージョン社の提供でお送りします

「どうした！」

千晶の悲鳴に驚いた冬樹が、クローゼットを開ける。狭いクローゼットの中では、千晶がキャアキャア言いながら殺虫剤を撒《ま》き散らしていた。

「蜘蛛《くも》が、蜘蛛が！」

「……蜘蛛ぐらい、出るだろ。千晶の家は、古い木造なんだから」

「でも、ちゃんと戸は閉めてあるのよ。窓もないし……。なのに、どうして蜘蛛が入ってるの？」

――蜘蛛なんか、ちょっとした隙間《すきま》からでも入ってくるじゃないか……。

密室、密室！　と騒ぐ千晶を見て、冬樹は溜め息をついた。

――でも、たいしたことじゃなくて、良かったよ。

ホッとした冬樹は、タバコをくわえる。

（略）

最終章　これからの人生
（略）

二人は、いつまでもいつまでも、幸せに暮らしました。こんな言葉ですませられるほど、これからの人生が簡単ではないことを、冬樹も千晶もよくわかっている。

しかし、二人には確信があった。

今まで生きてこられたんだ。絶対に大丈夫。――そう思った。

第一章

エディター、助っ人に走る

『祝！　森永美月勤続四ヵ月記念！』で大量に飲み食いしたわたしは、翌日、フル充電されたスマホのように力強く出社した。

今日も一生懸命働こうという気分でＭ０課に行くと、いきなり平井課長に呼ばれる。

珍しいことじゃない。そして、褒められるんじゃないこともわかっている。わからないのは、呼ばれる理由。思い当たることが多すぎて、一つに絞《しぼ》れない。

デスクの上に山積みされた本の向こうから、平井課長が、わたしを見ている。

自他共に認める『本格の鬼』の平井課長。デスクの上の本は、全て『本格推理小説』と銘打たれて書店に並んだものだ。この後、平井課長によって『本物の本格』と『本格の皮を被った似非《えせ》本格』にわけられる。

『本格の皮を被った似非本格』が、どのような運命をたどるのか？　怖いから、知る気になれない。

「おはよう、森永君」

笑顔で、平井課長が言った。

最初から怒鳴られるときは、たいしたことない。逆に、笑って迎えられたときは、かなり怒られる――今までの経験から、わたしは知っている。

神妙な面持《おもも》ちで課長の前に立つと、笑顔のまま言われた。

「森永君も、入社して四ヵ月。少しは、仕事に慣れたかね？」

わたしは、猫なで声というものを初めて聞いた。わたしが猫だったら、背中の毛が逆立《さかだ》つような声だ。

「はい。みなさんに教えてもらいながら、少しずつ成長してるのを感じます」

棒読みにならないよう注意して、答える。

「本も読むようになったかね？」

「いいえ、全然」

わたしは、誤魔化《ごまか》すのが下手だ。

刹那《せつな》、平井課長が鬼の顔になった。しかし、元の笑顔に戻ると、口を開く。

「実は、きみに助けてほしい仕事があってね」

このときの気持ち――［頼られて誇らしい］＜［驚き］。

平井課長は、わたしに誰かを助けられるだけの能力があると思っているのだろうか？

管理職として、人を見る目がないんじゃないだろうか？

そんな考えが表情に出ないよう、神妙な面持ちをキープする。

デスクに肘《ひじ》を突き、重ねた手の上に顎《あご》をのせた課長が口を開く。

「十時に五階の第三応接室に行ってくれ」

「どんな仕事ですか？」

平井課長が、一瞬、「ややこしいことを訊くんじゃねぇ！」という表情になる。しかし、すぐに元の笑顔に戻ると、腕時計を見て立ち上がった。

「ぼくは、この後、会議が入っていてね。説明してる時間がない。まぁ、行けばわかるから安心したまえ」

危険な匂いを感じ取ったわたしは、慌《あわ》てて言う。

「指名してくださるのは、とてもうれしいのですが、わたしでは力不足だと思います」

そんなわたしの肩を、課長がポンと叩く。

「どぉんとうぉ～りぃ。森永君も、入社して四ヵ月。これぐらいの仕事は、軽くこなせる力はついているよ」

本心で言ってないのが、丸わかりだ。

なおも断ろうとしたのだが、課長の手がデスク上の黒いファイルケースに伸びたのを、わたしは見逃さない。

「これほど言っても森永君が断るというのなら――」

黒いファイルケース。そこに、リストラ候補者リストが入っているのを、わたしは知っている。

「復唱します。森永美月、ヒトマルマルマルに五階第三応接室に向かいます」

わたしには、そう答えるしかなかった。

また、課長がわたしの肩を叩く。気安く触るな、セクハラで訴えてやろうか、と真剣に考える。

「この仕事には、手塚君も参加している。すでに彼は、第三応接室に行ってるよ」

「手塚さんも、一緒なんですか」

わたしは複雑な気持ち。

手塚さんは、何かあるとすぐに怒鳴り散らす性格破綻者《はたんしゃ》だ（主な原因は、わたしがミスするからだけど）。でも、一緒に仕事するとなると、頼りになることは間違いない。

少しぐらい失敗しても、手塚さんが何とかしてくれるだろう。

うん、藁にもすがる狐《きつね》の気分を、わたしは理解する。

ホッとしてるわたしに、課長が念を押す。

「最後に言っておくが、森永君は、あまり一生懸命動かなくてもいいからね。あくまでも、助っ人で仕事に参加するということを忘れないように」

気楽にやろうと思ってるところに、一生懸命動かなくてもいいという課長の言葉。願ったり叶ったりなんだけど、なんか引っかかる……。

一生懸命動かなくてもいいのなら、別に助っ人に行かなくてもいいんじゃないの？

いったい、第三応接室では、どんな仕事が待っているんだろう?

午前十時——。

第三応接室のドアを開けて中にいるメンバーを見たわたしは、そのままドアを閉めて回れ右をしようとした。でも、動けない。

「どこへ行くんだ、森永?」

中にいた手塚さんが風のように動き、わたしの後ろ襟《えり》をしっかりつかんでいるからだ。

「なかなか素早いですね、手塚さん」

小声で言うわたしに、

「おまえが室内を見たら、逃げようとするのは予測できてたからな」

小声で答える手塚さん。

「当たり前です!」

わたしは、室内をチラリと見る。女性が二人、わたしと手塚さんの方を見ている。一人は、Qちゃん。もう一人は、『L1課　主任エディター　石上千登勢』という社員証を首から下げている。

どれだけ鈍《にぶ》い奴でも理解できる。これは『あなたと二人組』のリーディング打ち合わせだ。

同時に、平井課長が、何が何でもわたしを助っ人に行かせようとした理由もわかった。つまり、わたしは人身御供《ひとみごくう》なんだ。一生懸命仕事をしなくていいから、呪いをひきうけてくれという——。

これって、パワハラになるんじゃないか？

手塚さんが囁《ささや》く。

「森永、呪いなんかあるはずないって言ってただろ。だったら、かまわないじゃないか」

「確かに気にしてませんけど、君子《くんし》危《あや》うきに近寄らずです。他にも仕事があるのに、どうして他部署の、呪われた仕事を手伝わなきゃいけないんです？」

「言いたいことは、他にないな？」

後ろ襟をつかんだまま、手塚さんは、わたしを石上さんの前に引っ立てる。

石上さんは、セミロングのヘアースタイルに、チャコールグレイのスーツ。黒いインナーは襟が大きく開き、誰が見ても「仕事のできる女！」のイメージを与える。

「これ、M0課の新人エディターの森永美月です」

これ？　手塚さんの紹介の仕方に引っかかる。

「森永は九さんとは同期ですが、能力は比べものにならないことを覚えておいてください」

「よろしく、森永さん」

石上さんが、わたしの手を取る。笑顔なんだけど、目が笑ってない。

——この人、ダイエットすると決めたら、目標体重になるまであきらめないような人だ。

わたしは、彼女が鉄の意志を持った人間だと、瞬時に見抜く。

「よろしくお願いします。全力で頑張ります」

「和ちゃんの推薦だから、期待してるわ」

……和ちゃん？

誰のことだろうと思って手塚さんを見ると、頬が赤い。そういえば手塚さんの名前は、和志だった。

手塚さんも、石上さんの前では〝和ちゃん〟か。これは、楽しく仕事できそうだ。

「あと十五分で、顧客《リーダー》が来るわ。それまでは、リラックスしててね」

石上さんの言葉に、わたしは応接室を見る。

人数分の書類が用意されたテーブル。邪魔にならない位置に、小さな鉢植えが置かれている。こういうところに、細やかな配慮が感じられる。

壁を見ると、以前は抽象画だったのが、風景画に変わっている。壁際に並んだいくつもの観葉植物と、それらを照らす間接照明がいい雰囲気だ。

「すごいね、Qちゃん。完璧《かんぺき》に準備してるじゃない。同期としては、見習わないとね」

隣に座って言うと、Qちゃんは首を横に振った。

「全部、石上さんがやったんです。顧客《リーダー》との打ち合わせは、部屋の雰囲気作りも大事だと――」

なるほど、勉強になる。

当の石上さんは、書類に目を通している。わたしも見習って、書類をめくる。こうやってるだけで、一流のエディターになったような気がする。

このリーディングを通して石上さんの仕事態度を学べば、エディターとしてワンステップもツーステップも成長できる。

『あなたと二人組』の呪いが、なんぼのもんじゃい！

気合を入れたとき、ドアにノックの音。

Qちゃんが立ち上がり、顧客《リーダー》――北野純次を招き入れる。

北野さんは三十九歳って話だけど、もっと若く見える。サングラスにスニーカー。カジュアルな姿は、いかにも元テレビ局の人って感じ。

名刺交換もそこそこに、席に着くといきなり口を開いた。

「ここだけの話、わたしは超常現象なんか信じてないし、そんなものを信じてる奴はどうかしてると思ってます」

テレビ番組で見るのと同じ笑顔で言う。

正直な人なんだろうけど、あまり好感が持てない話し方だ。間違っても、お友達にはなりたくないタイプ。

わたしから嫌われてるのに気づいてない北野さんは、笑顔のまま続ける。

「一応、わたしには霊能力があるということにしてますが、これも嘘《うそ》です。霊能力なんてのは、嘘か勘違い――これがわたしの認識です」

断言した。

まぁ、こういう考えだから、呪いも気にせずに依頼してきたんだろう。

うなずいて聞いていた石上さんが、笑顔で対応する。

「そこまで超常現象を否定されるとは、意外ですね。『やばいよやばいよ』のシリーズを拝見したのですが、北野様は、常に『超常現象はある！』というスタンスで作られてましたよね」

石上千登勢さんが言った。

「ビジネスですよ、ビジネス」

手を大きく広げ、北野さんが言う。

「重要なのは、見る側に信じさせる力です。あなた方ディィリュージョン社も、嘘八百《うそはっぴゃく》の物語を現実のように体験させるとか、わたしとやってることは同じじゃないですか」

……そうかもしれない。

でも、なんとなく腹が立つ言い方だ。

「あまり、軽く考えてほしくないですね」

わたしの横で、手塚さんが口を出す。口調が、怒っている。

「ディリュージョン社のメタブックは、そんなに安っぽくありません。少なくとも、おれの書くメタブックは、現実と変わらない。リーディングの間、顧客《リーダー》は現実世界を忘れ、メタブックの世界を楽しむことができるんです」

おお、自分の仕事に誇りと情熱を持ってる男の台詞だ。

そんな手塚さんに、Qちゃんが熱い視線を送っている。

でも、打ち合わせの雰囲気を大事にする石上さんは、手塚さんの足をガスッと蹴《け》った。

石上さん、グッジョブ！

北野さんが、手塚さんに向かって軽く手を振る。

「気を悪くしたのなら、謝ります」

少しも悪いと思ってない言い方だ。

「もちろん、ディリュージョン社のメタブックが現実以上に現実を味わわせてくださることは、よくわかってますよ。だから、『あなたと二人組』のリーディングを依頼したのです。呪われたメタブックのね――」

ニヤリと笑う北野さん。

石上さんが発言する。

「本当は、最後に確認すべきことなのですが――」

書類の最後の方をめくる。

「われわれは、あくまでも純粋にリーディングを行います。その中で、呪い――超常現象が起こらなくても、当社に責任はありません。逆に、呪いが起きたときも同様です。また、超常現象の映像を欲した北野様が、やらせ映像を撮ろうとして、リーディングの妨害行為をした場合は違約金をいただきます」

太い釘《くぎ》を刺した。

「ええ、ええ。もちろん、わかってます。しかし、今まで『あなたと二人組』に関わった人には、〝呪い〟が起きてきたんですよね？」

ニヤリと笑う北野さん。

「期待してますよ」

なんだか、背筋がゾワゾワする。超常現象を信じていない北野さんだけど、何かの呪いを掛けられてるんじゃないだろうかと思わせる。

手塚さんは、さっきから熱心にメモしている。何を書いてるのかチラリと見ると、「ふざけんな」「気にいらねぇ」の文字、そして、悪意のこもった北野さんの似顔絵。和ちゃん、かなり頭に来てるみたい。

「他に、違約金が発生する場合ですが——」

説明しようとする石上さんを、北野さんが手で制する。

「ちゃんと書いてあるんでしょ。大丈夫、後で読みますから」

「……了解しました」

引き下がる石上さん。

こういう場合、顧客が必要ないと言っても、きちんと説明する義務がエディター《リーダー》にはある。なのに引き下がったということは、石上さんも頭に来てるのかな?

石上さんが、書類の最初の方をめくる。

「相手役には、粟井永恋《あわいえれん》さんを希望されてますが、間違いありませんか?」

粟井永恋? 芸能情報には詳しいつもりだけど、聞いたことない名前だ。

わたしは、顔写真と全身写真がついた、粟井永恋のプロフィール欄を見る。十八歳とは思えないぐらい落ち着いた雰囲気がある娘《こ》だ。長い黒髪と長身で、アイドルよりモデルのように見える。

経歴を見ると、彼女はアイドル見習いで、まだマネージャーもついてない。わたしが知らなくても無理ないことだ。

「『あなたと二人組』のヒロインは三十歳です。年齢があいませんが、かまいませんか?」

「問題ありません。わたしも実年齢は三十九歳ですが、三十歳の役をやるのですから」

うなずく北野さん。

わたしは、資料の空《あ》いてるところに『どうして、北野さんは栗井さんを使いたいのでしょう？』と書いて、手塚さんに見せる。

返事は、『栗井のファンなんだろ』という素《そ》っ気《け》ないもの。

納得できない。

リーディングには、かなりのお金がかかる。当然、顧客《リーダー》は、物語世界を忠実に再現することを望む。顧客《リーダー》自身が、どれだけ物語世界に似合ってなくても、他の登場人物や舞台セットは、物語世界と同じでないと文句を言うことが多い。

なのに、栗井さんでいいのかな……？

なおも考え込んでるわたしに、手塚さんがメモを見せる。『顧客《リーダー》は神様です』――なるほど……。神様が出てきたら、問題はそこまでだ。

石上さんが、笑顔になる。

「了解しました。すでに、栗井さんの事務所から内諾は取り付けてあります」

北野さんが、質問する。

「セットの準備は、大丈夫ですか？」

今度は、石上さんがうなずいた。

「『あなたと二人組』にふさわしい町並みを、再現してあります。セットの名前は、『ＹＰ

３８』」

ＹＰは、『あなたと二人組《YOU PAIR》』から。38は、その年に作られた三十八番目の舞台セットという意味だ。

「添付資料をご覧ください」

わたしは、資料を開く。

最初に載ってる地図は、等高線だらけ。かなりの山奥だ。

「場所は、Ｎ県北部の水分村《みくまり》。かつては四百人ほどの住人がいたのですが、現在は廃村《はいそん》になっています」

――『水分』で『みくまり』って読むんだ。

一つ賢くなったと思ってたら、手塚さんがメモ書きを回してきた。

『みくまりには、山から流れ出る水が分かれるところという意味がある。きっと、水が豊富な村なんだろう』

――賢い奴ってのは、すぐに知識をひけらかすんだよな……。

わたしの思いに関係なく、説明は続く。

「水分村は、『あなたと二人組』の作者である登呂井隻が指定した場所です。空気感がいいという、理由でした。今まで一度も使われていないＹＰ３８ですが、現在、整備と調整をしています」

わたしは、資料につけられた写真をぼんやり見る。

村の周りは、木々の生い茂る森。村の中には、山の中とは思えない町並みが作られている。住宅や小さな商店街に公園――どこにでもあるような町並みだ。

「現在、水分村には、YP38を管理するために元村長の橋川政志《はしかわまさし》が住んでいます」

橋川政志の写真も載っていた。

年齢は七十歳ぐらいだろう。元村長というから、威厳《いげん》のある怖い感じの人かと思ったら、首に手ぬぐいを巻いた老人だった。

北野さんは、どうでもいいと思ってるのか、書類をあまり見ていない。

それでも、石上さんは、丁寧に説明を続けた。

全て話し終えた後、北野さんに訊く。

「ここまでで、何かご質問はありますか？」

「ありません」

「では、明後日《あさって》の午前九時に、現地にお越しくださいますようお願いします」

北野さんが退室したので、応接室にホッとした雰囲気が流れる。

「打ち合わせって、緊張しますね」

わたしが言うと、手塚さんが「おまえは何もしてないだろ」という目で見てくる。

「森永さん、打ち合わせは初めて？」

石上さんが訊いてくる。

「もう十回ほど経験してます。でも、まだまだ慣れません」

しおらしく答える横で、

「そのうちの一回は、『炎の三日間』と呼ばれる大惨事になりました。そのとき、躊躇《ためら》わずに馘首にすべきでした」

手塚さんが告げ口する。

石上さんは、表情を変えることなく言う。

「いつまでも、その緊張感を持ってないとダメよ」

そして、テーブルの片付けをしているQちゃんを見る。

「あなたには、記念すべき初めての打ち合わせね。どうだった?」

「緊張しました。でも、勉強になりました」

石上さんは微笑むと、Qちゃんの持ってる書類を手に取った。

覗《のぞ》き込むと、『顧客《リーダー》の意思を尊重する』とか『重要なのは流れと雰囲気』など、打ち合わせで大事だと思ったことがメモ書きされている。

わたしは、落書きだらけの自分の書類を隠す。

石上さんが、書類をQちゃんに返す。

「学ぼうとする姿勢は立派だけど、仕事を楽しむことも忘れないでね。楽しめないと、長続きしないから」

それを聞いた手塚さんが、わたしを見る。何も言わなくてもわかる。「森永は、楽しむより学ぶことを忘れるな」――これだ。

「そうそう、忘れてたわ」

スーツのポケットから、ディリュージョン社のマークが入ったUSBメモリを出す石上さん。

「森永さんは、まだ『あなたと二人組』を読んでないでしょ」

わたしは、恭《うやうや》しくUSBメモリを受け取る。

「プリントアウトしてないんですね。わたし、本をモニタで読む習慣がないんですけど――」

手塚さんに言ったら、むにょ〜んと両頰を引っ張られた。

「モニタとか関係なく、森永には読書習慣がないだろ！」

「ほもっほもへふ（ごもっともです）」

わたしは、両頰の痛みに耐えながら敬礼を返した。

石上さんが口を挟む。

「プリントアウトはできないようにプロテクトしてあるわ。あと、データのコピーも無理だからね」

メタブックのデータは、厳しく管理されている。下手に流出させたら、顧客《リーダー》や社員にかかわらず、莫大《ばくだい》な損害賠償金を払わなくてはならなくなる。

「最終章まで入ってるんですか？」

手塚さんが訊いた。

石上さんが、うなずく。

なんともいえない緊張感が走る。

「さっきも言ったけど、楽しむことを忘れないでね」

スマホを出した石上さんが、わたしたちを壁際に並ばせる。

「九さんの初打ち合わせの記念に、写真を撮りましょう」

慣れた手つきでスマホをセットする石上さん。わたしたちは、石上さんを中心に、壁際に並んだ。

「今の若い人たちは、写真を撮るときに『チーズ』って言うの？」

石上さんが、わたしとQちゃんに訊く。

出しゃばって答えるのは、手塚さんだ。

「おれは、『一足す一は、二ィ～』ってのを使いますね」

……いや、和ちゃん。それは若くない上に、野暮《やぼ》ったい。

「『チーズ』で行きましょう！」

わたしの提案に、手塚さんが渋《しぶ》い顔をした。


夜、ワンルームマンションの近くのバー。抑えた照明と、静かに流れるジャズ。カウンターに座ったわたしの前には、スイーツとカクテルの入ったグラスが置かれている。

大人の女性の雰囲気を演出しつつ、仕事で疲れた精神と体を癒やしていると、スマホに
『オバケのQ太郎』の着信音。Qちゃんからだ。

「森永さん……今、いいですか？」

少し震えた彼女の声。

「いいよ。なんなら、Qちゃんも来ない？　ここのロールケーキ、おいしいよ」

「いえ……。食欲もありませんし、できるだけ夕食は自炊《じすい》しようと決めてますから」

わたしは、この間、ワンルームマンションの台所で、カビの生《は》えた菜箸《さいばし》を見つけたこと
を思い出した。

女子力の高いQちゃんが、話を続ける。

「退社するとき、石上さんに、みんなと撮った写真を転送してくださいとお願いしたんで
す。すると、石上さんの顔色が変わって……」

「なに？　妙なものでも写ってたの？」

冗談めかしていったら、「はい」という真剣な声が返ってきた。

「森永さん、一番左端《ひだりはし》に立ってましたよね？」

確かに、遠慮がちで控《ひか》えめなわたしは、端っこに立った。観葉植物の葉っぱが、頰をチクチクしてきたのを覚えている。

「ちょうど、森永さんの顔の横に、女の人の顔が写ってて……」

そこまで言って、Qちゃんは言葉を切る。

わたしも、どんな反応をしていいのかわからない。だいたい、幽霊と記念写真を撮ったことのある人なんて、そうそういないはずだ。

「髪が長く、溶けたような目鼻で、わたし怖くて……」

「…………」

「これは、『あなたと二人組』の呪いが現れてきたということでしょうか？」

震える声のQちゃんに、わたしは言う。

「その写真、石上さんからもらってないの？　もしもらってたら、送ってくれない？」

「無理です。怖くなって、すぐに消しちゃいましたから」

それは、確かに消したくなるだろうな。

「森永さん……。わたし、どうしたらいいでしょう？」

どうしたらと言われても――。

呪いなんか信じちゃいない。だからといって、関わりたくもない。普通の石には腰掛けられるけど墓石に座る気になれないといえば、わかってもらえるだろうか。

こういうときは、人身御供を使うのが正しい。

「大丈夫よ、Qちゃん。今から言う電話番号に連絡して——。きっと何とかしてくれるから」

電話の向こうで、Qちゃんがメモする気配。

「誰の番号なんです？」

「手塚さん。こういうときには、役に立つ人だから」

「頼れる人なんですね」

「うん、とっても」

心の中で、「人身御供としてね」と呟く。

Qちゃんとの通話を終え、お気に入りのカクテル——ルシアンのお代わりを楽しんでるうちに、わたしは心霊写真のことを忘れてしまった。

目の前には笹《ささ》ちまき、それとルシアン。至福のひとときだ。

だから、『ダース・ベイダーのテーマ』がスマホから流れてきたとき、こう言ってしまったのは無理のないことだろう。

「おかけになった電話番号は現在使われておりません。恐れ入りますが番号をお確かめになって、おかけ直しください」

「命が惜《お》しいなら、きちんと応答しろ」

ものすごく不機嫌な、手塚さんの声。

「今は勤務時間外ですよ。だったら、着信拒否する権利があります」

「どうせ、甘い菓子と強い酒で、ダラダラ過ごしてるんだろ。えらそうなこと言うな」

「……さすが、手塚さんですね。たいした推理力です」

ここは、褒めておけば、機嫌も直るだろう。

「九さんに、おれの電話番号を教えた理由もわかってるぞ。呪いに関わりたくない森永は、おれに呪いを引き受けさせようという考えなんだろ」

――お見事だよ、手塚君。

でも、ここで認めるわけにはいかない。

「何を言ってるんですか。大事な先輩を、生《い》け贄《にえ》にするわけないでしょ。わたしは、怯えてるQちゃんに、頼りになる手塚さんを紹介してあげたんです。これをきっかけに、二人が仲良くなればいいなという気持ちもあります。わたしのこと、愛のキューピッドと呼んでもいいですよ」

「おれが閻魔大王《えんまだいおう》なら、今すぐに森永の舌をひっこ抜いてるところだ」

――なるほど。こんな嘘では騙《だま》せないか……。

わたしは、開き直ることにした。

「で、心霊写真について何かわかったんですか？」

「データが少なすぎて断言できないが、一つの可能性として気づいたことがある」

そう前置きして、手塚さんは話し始めた。

「『あなたと二人組』の呪いが原因で、心霊写真が撮られた。普通は、こう考える。しかし、それでは当たり前すぎる。本格ミステリーでは、意外な原因を考えなくてはならない。そして、それが意外なほど、おもしろいミステリーと言える」

なるほど……と、うなずきたいけど、わたしの知らない世界だ。

「そこで考えたのだが――」

ここで間を置いた手塚さんは、意外な質問をしてきた。

「森永はいろんなところで恨みを買ってるだろうが、おまえが原因で焼死した女性はいないか？」

「は？」

「つまり、写真に写ったのは、森永を呪って死んだ女性。『あなたと二人組』は関係ない」

なんですと……？

「もう一度訊くが、心当たりは？」

「あるわけないでしょ！　だいたい、わたしの知り合いに、焼死した人はいません」

「いや、森永が忘れてるだけで、いるはずだ。死ななかったとしても、大火傷《おおやけど》した女性の生き霊かもしれない。思い出せ！」

最初に〝一つの可能性〟と言ったくせに、完全に、わたしが原因だと断定している。

わたしは、手塚さんに聞こえるような溜め息をついてから、言った。

「もっと他の可能性を考えてください！　少なくとも、わたしが原因じゃありませんから！」

「………」

「とにかく、明日からの仕事で、何か悪いことが起こる予感がします」

「悪いことってなんだ？」

「わかりません。でも、リーディングが台無しになるような事態は、絶対に起きてほしくありません。アシストで入った仕事ですが、成功させたいんです」

電話の向こうで、手塚さんが黙り込んだ。そして、溜め息が聞こえた。

「森永が、そこまで仕事を大切にしてるとは思わなかった。少しは、社会人としての自覚が芽生《めば》えたようだな」

とても失礼な言葉だが、バカにしてるような感じはない。

「おれも、仕事を邪魔されるのは我慢できないからな。誰かが呪いや心霊現象を使って妨害してくるのなら、そいつには地獄を見せてやる」

「実に頼りになる台詞ですね。それ、Qちゃんにも言いましたか?」

「いや、言ってない。森永が、おれをスケープゴートにしようとしてるのに気づいたから、すぐに電話は切った」

「もったいないお化けが出ますよ。このわたしでも、今の手塚さんは頼りがいのある素敵な先輩に思えましたから。今すぐ、Qちゃんに電話して、さっきの台詞を言ってください」

するると、電話の向こうからは、

「騙されんぞ」

と、予想外の言葉が返ってきた。

「今までの経験から、森永の言うとおりにしたら、ろくな目に遭わないのはわかってる。だから、電話をせずに、おれは寝る」

「え〜、いいんですか? なんなら、わたしからQちゃんに電話してあげましょうか?」

「余計なことはするな。それより、森永も酒と菓子はそこまでにして、寝ろ。明日、遅れたら容赦《ようしゃ》なく置いていく」

「………」

せっかく、Qちゃんとひっつけてあげようと思ったのに。

残念な気持ちを押し殺し、言う。

「わかりました。おとなしく寝ます」

電話を切ろうとしたとき、慌てた声がした。

「ああ、一つ言い忘れてた」

「なんです!」

「寝る前に、歯を磨《みが》け」

「…………」

わたしは、無言で電話を切る。

そして、ルシアンを一気飲みすると、バーテンさんに「おあいそ!」とカードを出した。

第二章

エディター、自然を満喫する

ディリュージョン社のロゴが入ったワンボックスカーで、わたしたちは水分村へ向かう。

運転してるのは、手塚さん。助手席に小さく座ってるのはQちゃんだ。

石上さんは、ゆったりと中央のシートに座り、資料に目を通している。わたしは、荷物と一緒に後部シートに押し込められている。

一般道の渋滞を避け、高速道路に入る。スムーズに走れるようになった頃、手塚さんが石上さんに話しかけた。

「心霊写真について、質問してもいいですか？」

「九さんから聞いたの？」

石上さんの口調に、怒られたと思ったのか、Qちゃんが口を挟む。

「すみません。わたし、怖くなって……」

「叱《しか》ってるわけじゃないのよ。ただ、あまり人に言わない方がいい話題だと思うだけ

——」

この言い方には、話題にするなという意味が込められてるように思った。なのに、手塚

さんは平気で質問する。

「写真を消去したって聞いたんですが、バックアップはしてないんですか?」

「わざわざ心霊写真をバックアップするような趣味はないわ。和ちゃんだって、嫌いな人からのメールは、保存せずに、即削除するでしょ?」

石上さんの言葉に、手塚さんがルームミラーで、わたしを見る。

「溶けた顔の女性が写ってたそうですが、心当たりはないんですか」

なおも、手塚さんが質問を続ける。

「少なくとも、わたしの知人に、あんな顔の人はいないわ」

この言葉に、また手塚さんが、わたしを見る。心の中で、わたしの知り合いにもいませんと、答える。

「わたしは、『あなたと二人組』のリーディングに、ずっと反対してきた。それは、和ちゃんも知ってるでしょ?」

手塚さんが、ルームミラーの中でうなずいた。

「でも、一度仕事として決まった以上、全力でリーディングを成功させるわ。和ちゃんも協力してね」

「おれと、その他一名は、そのために来ました」

手塚さんの言葉に、〝その他一名〟も後部シートでうなずいた。

高速道路の周りからビルや人家が消え、山の中を走り始める。

インターチェンジを下りると、しばらく片側一車線の道を走る。やがて、時々見えていた民家や田んぼも見えなくなり、道からセンターラインも消えた。

舗装されてない山道。舗装はされてるんだけど、もう何年も補修されてない道路は、デコボコ状態。

車は、体がバラバラになりそうなぐらい、揺れる。

「……4WDの方が良かったかな」

後部シートから首を伸ばしカーナビの画面を見ると、映ってるのは曲がりくねった道路と、その上を移動する三角形のマークだけ。背景は緑一色の山。

わたしは、後部シートで荷物が崩れないように押さえながら、とにかく無事に着くことを願う。

すると、不意に車が止まった。道の向こうに、三十メートルぐらいの長さの吊り橋《つりばし》がかかっている。幅は、車が一台通れるだけしかない。一応、鉄骨製のようだが、不安だ。

カーナビを見ると、谷川が流れている。

「この橋、車で通っても大丈夫なんですか……？」

助手席で、Qちゃんが不安そうに呟く。

「大丈夫。水分村が廃村になる前は、住人が普通に車で通っていたから」

石上さんが、十年も前のことを言って安心させようとする。

手塚さんが、ゆっくり車を走らせる。ユラリユラリと車が揺れるような気がする。

首を伸ばして橋の下を見ると、ゴツゴツした岩の間を勢いよく谷川が流れている。

橋を渡ったところは広場になっていて、そこから、道は谷川沿いに左に曲がっている。

道幅はあるんだけど、舗装されていない。

気のせいかもしれないけど、谷川の向こうとこちらでは、木の勢いが違って見える。ほとんど人工物が見当たらないせいか、人間が来てはいけないところに迷い込んだような感じがする。

手塚さんが、広場で車を止めた。切り立った崖《がけ》に囲まれた広場。周囲には、数本の木が生えている。崖の上には、大きな岩がせり出してるのが見える。バランス取ってるけど、落ちてこないか心配。他にも土砂崩れしてる場所が何ヵ所かある。廃村になってるから、直したりしないのだろう。

わたしたちは、車から降りた。

「わぁ……」

Qちゃんと石上さんが、歓声を上げた。山の空気がきれいなことに、驚いているようだ。

わたしは、水の匂いを感じる。谷川を流れる水の匂い。それ以外にも、湧《わ》き水の匂い。

なるほど、村の名前に〝水〟の文字がついてる理由がよくわかった。

吊り橋を見る。両岸の太い二本の柱の間にケーブルが渡され、そのケーブルから垂直に延びたワイヤーロープが橋を吊っている。

太いケーブルやワイヤーを見て、わたしは少しホッとする。これなら、蔦《つた》で吊った橋みたいに、ナイフで落とすことはできない。

わたしは、後部シートで固まった体を伸ばし、手塚さんに言った。

「今から、おやつタイムですか？」

返ってきたのは、生暖かい視線。手塚さんは、後部シートから段ボール箱を下ろし、わたしに言った。

「気楽なこと言ってないで、手伝え」

「何するんですか？」

「監視カメラを設置して、橋に近づく人間を記録する」

「どうして、そんなことするんです？」

わたしの質問に、やれやれと肩をすくめる。

「水分村への道は、ここしかない。そして、この吊り橋が落ちたら、村は孤立する。——こういう状況を、ミステリーではなんと言うんだ？」

わたしは、必死で思い出す。

――確か、ものすごく閉鎖的な集団というイメージがあった。「体育会系のクラブはキツイから、このままでいいやぁ～」って感じでゴロゴロしている奴ら。そんなイメージの言葉……。

ああ、わかった。

「クローズドサークルですね！」

「よくわかったな」

褒められたわたしの頭の中で、さっきまでゴロゴロしてた奴らが、喜びのダンスを踊り始める。

わたしたちの会話を聞いていた石上さんが、口を挟む。

「和ちゃん、考えすぎじゃない？　もし本当に『あなたと二人組』が呪われてるとしても、橋を落としたりはできないでしょ？」

彼女の言うとおりだと思う。ナイフでも落とせない吊り橋が、呪いごときで落ちるはずがない。

手塚さんは、笑顔を返す。

「考えすぎだったら、それでいいんです。しかし、心霊写真の話もあったことだし、念のためにと思って――」

「それもそうね。じゃあ、手伝うわ」

石上さんとQちゃんが段ボール箱を持とうとするのを、手塚さんが好青年の口調で止めた。

「女性に、力仕事をさせられませんよ。ここは、おれと森永でやりますから。お二人は、車の中で休んでいてください」

おい、手塚！　今、おまえが段ボール箱を持たせてる人間も、女性だということを忘れるな。

文句を言ってやろうとするわたしを追い立て、広場を囲む林の中へ入る手塚さん。

車の方を見ると、石上さんとQちゃんが、わたしたちの方を見ている。

わたしは、手塚さんに言う。

「監視カメラなんか必要ないでしょ。石上さんも言ってたけど、あの吊り橋は頑丈ですよ」

「ナイフでは無理でも、TATPを使えば、簡単に橋は落とせる」

「なんですか……その、PTAが逆立ちしたような名前のもの？」

「高性能爆薬だ」

聞いていて、わたしは呆《あき》れる。

「手塚さんは、そのややこしい名前の爆薬を使って吊り橋を落とそうとする人間がいると、考えてるんですか？」

すると、手塚さんは、真剣な表情になった。はっきり言って、怖い。

「森永は、数学の授業で『公理』というのを習ったか?」

「詳しく説明しろって言われると自信ありませんが……証明しなくてもいいぐらい当たり前のことを『公理』って言うんじゃなかったですか?」

「その通り!」

手塚さんが、わたしをビシッと指さす。

「それと同じで、吊り橋があったら必ず落ちる。そして、人々は外界と遮断されなければならない――これは、証明不要の公理だ!」

……そうなのか?

納得できないわたしにかまわず、手塚さんが続ける。

「この吊り橋が落ちたら、おれたちは水分村に閉じ込められる。逃げようにも逃げ道はない。そして、呪いに見せかけて連続殺人事件が起こる! 森永もM0課の人間なら、そう思うだろ?」

「ええ、まぁ……」

思ってないと答えたら、第一の被害者にされそうな勢いだ。

わたしの返事に、満足そうにうなずく手塚さん。

「だから、監視カメラを設置するんだ。犯人が吊り橋を落としに来たら、証拠の映像が撮れる」

「あの……」

わたしは、できるだけ手塚さんを刺激しないように気をつけて言う。

「確かに、いいアイデアだと思います。でも、もし、Qちゃんや石上さんが吊り橋を落とそうとしたら、役に立ちませんよ。今も、わたしたちがカメラを設置してるのを見ています。二人が犯人なら、まずカメラを壊してから、橋を落とします。証拠の映像は残りません」

小声で話すわたしに、手塚さんも小声で言う。

「だからいいんだよ。もし、吊り橋が落とされたときにカメラが壊れていたら、犯人は二人のうちのどちらかということになる」

なるほど。

納得すると同時に、何かあったとき、二人のことも容疑者に含めることに驚く。

このとき、意地の悪い考えが浮かんだ。

「わたしも、カメラが設置されてるのを知ってるんですよ。もしわたしが犯人だったら、石上さんやQちゃんに疑いを向けるためにカメラを壊し、それから吊り橋を落とします」

「ああ、それは大丈夫だ。森永が犯人なら、そんなややこしいことはしない」

……これは、信用されてるってことだろうか？

「納得したら、あの木に登れ」

広場の隅《すみ》の木を指さす手塚さん。わたしに、段ボール箱から太陽電池のついたカメラとロープを出して、わたす。

「三メートルぐらい登ったところに、これをセットしろ」

「なんで、手塚さんが登らないんですか？」

不満顔で言うと、

「おれは、タブレットに送られる映像をチェックして、カメラの角度を森永に伝えないといけない。あと、石上さんと九さんは、スカートだ。森永もスーツ姿だが、穿《は》いてるのはズボン。だったら、森永以外に登れる人間はいないだろ」

「………………」

「どうした？」

「もし、わたしがスカートだったら？」

「『こんなときにスカートを穿きやがって！』と、森永に文句を言いまくってから、おれが登るよ」

つまり、わたしを女性扱いしてないわけじゃなかったのか。うん、なんだかうれしい。

カメラを設置してから、再び車に乗る。

谷川沿いに少し走ってから、手塚さんは山の中にハンドルを切る。木々の生い茂る緩《ゆる》い坂道をダラダラ登ると、急に視界が開けた。

ここが、水分村。

道の両側に、金網やネットに囲まれた畑や田んぼ——の名残《なごり》。石垣は崩れ、畑や田は、雑草で覆《おお》われている。

視界に入る家は、数軒しかない。それも、屋根に穴が開いたものや、柱だけが残ったものなど、とても住めない廃屋《はいおく》だ。

そんな様子が、村の中心部に進むと一変した。

YP38——『あなたと二人組』のためだけに作られた、舞台セット。住宅は、少し古い木造家屋と、新建材による家屋が混在している。雑貨屋や駄菓子屋、タバコ屋もある。長さが百メートルに満たない小さな商店街。公園に小高い丘、路地。小さな神社に、坂の上の教会。

どこかの街を、そっくり切り取り、この山の中に持ち込んだみたいだ。

「匠《たくみ》班、頑張ったわね。ここまで整備してあったら、スムーズにリーディングにかかれるわ」

町並みを見て、石上さんが言った。

匠班というのは、リーディングの舞台を作り上げる制作集団だ。小さな物ではお経の書かれた米粒、大きな物では島一つを造ることもできる。

町並みを一つ用意することなど、簡単な仕事だ。

「あとは、調達屋チームが動けば完璧ね」

調達屋チームは、様々な物を調達するのが仕事。家に入れる家具や、商店に並べる商品などメタブックのイメージにピッタリの品を持ってくるのが調達屋チームだ。

「まだ、商品とかは入れてないんですか？」

Qちゃんが、石上さんに訊いた。

「予定では、明日の午後ね」

あれ？

「もう入れてあるんじゃないですか。あそこの酒屋で、サルが缶ビール飲んでますよ」

わたしは、酒屋の店先を指さす。店先に置かれたベンチで、片膝《かたひざ》立てたサルが、缶ビールを傾けている。

あれ、よく見たら、サルじゃないのか？

「おまえ、この間も奢ってくれた先輩に対して、それだけ酷いことがよく言えるな」

運転席から、手塚さんの呆れた声がした。

ベンチをよく見ると、サルだと思ったのは富田林先輩だった。なんでこんなところに、先輩が……？

わたしたちの車に気づくと、ブンブンと手を振る先輩。車が止まると、缶ビールを手にしたまま、後部シートに乗り込んでくる。

「いや、助かったわ。ヒッチハイクで着いたんはええけど、なかなか手塚らは来んし、退屈しとったとこや」

賑《にぎ》やかに話し始める。

石上さんが、富田林先輩に頭を下げる。

「よろしくお願いします。富田林さんに参加していただき、とても心強いです」

「そんな気にせんでええて。顧客《リーダー》と相手役のアイドルへの演技指導やろ。おれ一人だけで、楽勝や」

なるほど。先輩は、演技指導の助っ人で来たのか。だったら、一緒に乗ってきたらよかったのに——。

わたしの疑問を乗せたまま、車は住宅街へ進む。

「この角で、車を止めて——」

石上さんが指さした先には、小さな庭がついた二階建ての一軒家。

車から降りたわたしたちは、敷地《しきち》に足を踏み入れる。

瓦屋根《かわらやね》の木造家屋。庭は、モミジやアジサイ、柿の木に木蓮《もくれん》の小木で囲まれている。

なんだか、田舎《いなか》のおばあちゃんの家に遊びに来た気分だ。

メタブックはイメージです
ディリュージョン社の提供でお送りします

「ここが、『あなたと二人組』の舞台になる家――神霜家よ」

石上さんの言葉に、

「へぇ、そうなんですか」

わたしは、反応してしまった。

途端に、手塚さんが鬼の形相《ぎょうそう》になった。さりげなく、わたしを家の裏に引っ張り込むと言った。

「森永、『あなたと二人組』を読んでないな」

「……なんのことでしょう?」

取りあえず、とぼける。

「おれたちは読んであるから、この一軒家が神霜家と聞いても『へぇ、そうなんですか』なんて言わない。イメージ通りに作られてるからな」

「…………」

「本当に読んできたのなら、この家の住人の名前を言ってみろ」

「すみません、嘘をついてました。読んだのは最初の一ページと最後の一ページだけです」

わたしは、潔《いさぎよ》く頭を下げる。

手塚さんが盛大な溜め息をつく。

拳骨《げんこつ》が飛んでこないのを確認してから、わたしは言い訳する。

「読もうとはしたんですよ。でも、昨夜のきこし召《め》した量が多かったのか、読む前に寝ちゃって……」

「本を読まないくせに、『きこし召す』なんて言葉は知ってるんだな」

相変わらず、手塚さんの目は冷たい。

「『あなたと二人組』のダイジェストを、一分で話してやる。それだけでも、頭に入れろ」

「優しいんですね、手塚さん」

「おまえが無能だと、とばっちりで、おれも石上さんから怒られるからな」

感謝の視線を送ったのに、戻ってきたのは、自己保身の言葉だった。

「登場人物は、川上冬樹と神霜千晶。顧客《リーダー》が冬樹役、アイドルの粟井永恋が千晶役を務める。二人の出逢いは、晩秋の朝。通勤時に冬樹が千晶と会う。そのとき、千晶に見とれた冬樹は、電柱にぶつかって鼻血を流すんだ。――それが出逢い」

ロマンチックのかけらもないな……。

「数回のデートの後、この千晶の家で、二人は同棲《どうせい》を始める。そこからは、二人の心温まる日常が描かれている。季節のお菓子を作ったり、大掃除をしたり、風邪をひいた冬樹を看病したり――」

駄目だ……。聞いてるだけで、眠くなる。

メタブックはイメージです
ディリュージョン社の提供でお送りします

「なんか、退屈な話ですね。盛り上がりも何もないじゃないですか」

「疲れた現代人には、こういう普通の日常が受け入れられるんだよ」

そういったあと、手塚さんが少し考えた。

「いや……。一つだけミステリーがあったな」

わたしは、少しだけ期待する。

「狭いクローゼットがあるんだが、そこで蜘蛛が見つかるんだ」

「それのどこが、ミステリーなんですか？」

「古い木造家屋なんだが、クローゼットだけは空調完備で、隙間のない部屋なんだ。なのに、蜘蛛が入ったなんて不思議だろ。ある意味、密室だ」

……ガッカリする話だ。

「虫なんか、ドアを開けてるわずかな時間でも侵入したりするもんです。そんなの、密室でもなんでもありません」

「そうなのか……？」

あきらめられないって感じの手塚さん。これだから、M0課の人間は困ったもんだ。

「で、蜘蛛はどうなったんです？」

「千晶が殺虫剤のスプレーをまき散らし、退治したと書いてあった」

わたしは、心の中で蜘蛛に合掌する。

「これで、『あなたと二人組』の内容は、ある程度つかめたか?」

わたしは、自信満々の笑顔でうなずく。手塚さんの不安そうな顔は変わらない。

庭に戻ると、石上さんたちは、家の中に入っているようだ。

わたしは、改めて家を見る。

南側に面した玄関。玄関の上には小さなベランダがついている。

引き戸を開けて中に入ると、右側に台所。正面に奥へ続く廊下。左側には、庭に面した廊下沿いに和室が二つ。

「森永、この廊下を『縁側』だと思ってるんじゃないか?」

わたしの視線の動きを見て、手塚さんが口を開く。

「縁側っていうのは、座敷の外側に設けた細長い板敷きの部分だが、これだけ広いと『広縁』っていうのが的確だな」

知識をひけらかす手塚さん。はっきりいって、どうでもいい。

一階は、六畳と八畳の和室。六畳の和室には、床の間《とこのま》がある。台所の隣には、浴室と洗面所とトイレ。家の奥には、二階への階段。

家具が何も入ってないので、とても広く感じられる。

「こんなガランとした家の中に二人でいると、新婚夫婦が新居を探しに来たみたいですね」

明るい調子で言うと、手塚さんが殺人者の目になった。

「命を縮める冗談もあるってことを、教えてやろうか？」

わたしは、神妙な面持ちで、『すみません、許してください。二度と言いません』という気持ちを表す。

階段を上った二階は、六畳と八畳の二部屋。わたしは、口を押さえて「子供部屋にいいですね」という言葉を飲み込む。まだまだ、命が惜しい。

富田林先輩は、六畳の部屋で寝転がっていた。

「なかなか、ええ家やな。手塚らも、所帯を持ったら、こんな感じの家に住むんがええで。おれみたいなバツイチ独身の人間には、広すぎるけどな」

自虐《じぎゃく》的に笑う富田林先輩。

地雷《じらい》を踏みたくないので、わたしと手塚さんはベランダに出る。石上さんとQちゃんが、タブレットを見ながら、運び込む家具などのリストをチェックしていた。

「うちの匠班は、本当にすごいですね。この家なら、『あなたと二人組』のイメージに、ピッタリです」

手塚さんが石上さんに言った。

その横で、わたしも頷く――読んでないけどね。

ベランダには、猫避けなのか水の入ったペットボトルがたくさん並んでる。……無駄なことを。

手すりにもたれて、町並みを見る。とても山の中の廃村とは思えない。麓《ふもと》の街に瞬間移動したような気になる。

すると、ガラガラという音が聞こえてきた。風に乗って、軽油の臭いもする。

「重機が動いてるんですか？」

静かな風景に似合わない音について質問すると、石上さんが溜め息をついた。

「橋川さんが、山の中に道を作ってるのよ。この辺一帯は、もうディリュージョン社のものだから、勝手なことをしないように言ってあるんだけどね」

そして、わたしと手塚さんに頭を下げる。

「リーディングが始まってから、こんな風に音を立てられたりするとマズいのよ。悪いんだけど、橋川さんのところに行って、静かにするよう言ってくれないかしら」

「わかりました」

元気に返事するわたしと違い、手塚さんは、なんだか嫌そうだ。

「別に放っておいてもいいんじゃないですか？　直接、妨害してきたりはしないんでしょ？」

石上さんが、手塚さんの言葉に首を横に振る。

「橋川さんは、少し前から土地を買い戻そうとしてるの。ディリュージョン社を追い出したいみたいね。下手すると、嫌がらせしてくる可能性もあるわ。だからここは、ちゃんと注意しておきたいの」

そのとき、ターン！　という音が聞こえた。

「なんだ？」

不安そうに音の聞こえてきた方を見る手塚さん。

「猟銃を撃った音ですよ。シカでも出たんですね」

わたしが言うと、手塚さんがビックリした顔をする。

「今の音、重機の方から聞こえたぞ」

「だから、橋川さんが撃ったんでしょ。何も不思議ないじゃないですか」

「不思議じゃないかもしれんが、おれと森永は、猟銃を持ってる奴のところへ話をしに行く状況ってのは、わかってるか？」

「わたしの理解力をバカにしてませんか？　当然、わかってます」

胸を張って答えるわたし。猟銃を持っていても、人間相手に発砲しない――これが、猟師の鉄則。

「おれもついてったろか？」

富田林先輩が起き上がるが、丁寧に断る。先輩が一緒だと、サルと間違えられて撃たれる可能性がある。

「それでは、森永と手塚、橋川さんの説得に行ってきます！」

わたしは、石上さんに敬礼し、手塚さんを引き連れて家を出た。


「森永は、どんな育ちかたをしたんだ？」

手塚さんが、YP38を抜けたところで、わたしに訊いた。

先頭を歩くわたしは、落ちていた木の枝を広い、藪《やぶ》をかき分けながら進む。トゲのある木と、釣り糸で作ったんじゃないかと思えるぐらい頑丈な蜘蛛の巣。それらで、服を汚したくない。

「どうして、そんなことを訊くんです？」

「いや……なんとなく」

言葉を濁《にご》す手塚さん。

「わたしに興味が湧いたからって、興信所に身辺調査を依頼しないでくださいよ」

冗談めかして言うと、背後から本気の殺気が飛んできた。

命が惜しいわたしは、真面目《まじめ》に藪の中を進む。

湧き水の匂いがして、ホッとする。山の中で、何より水は貴重だ。水が近くに湧いてると思うだけで、気が楽になる。

そして、重機の音が近づいてきた。笹をかき分けたところで、小型のブルドーザーが動いている。木をなぎ倒しながら、道を作っている。

運転席には、白髪の老人が座っている。橋川さんだ。よく日に焼けた腕で、大きな重機を軽々と扱っている。

わたしは、念のため、木の棒にハンカチをつける。白旗の代わりだ。これで、撃たれることはないだろう。

大きく棒を振りながら、橋川さんに声を掛ける。

「橋川さ～ん！　ディリュージョン社の森永と、その他一名です！　お話しさせてくださ～い！」

最大級の笑顔で呼びかける。

わたしに気づいた橋川さんが、ブルドーザーのエンジンを止めた。そして、運転席の脇に置いてあった猟銃を持つと、わたしたちに向けて構える。

「まだ、帰らんのか！」

ヤバイ！

「伏せて！」

手塚さんを思いっきり突き飛ばし、わたしも藪の中にダイブ。

銃声に続き、頭の上の方で木の幹が弾《はじ》けた。

「どうなってんだ！」

叫ぶ手塚さん。

「安心してください。橋川さんの持ってるのは、散弾銃ではありません」

「安心できるか！」

ギャアギャア言うが、相手してる暇はない。今は、橋川さんの猟銃を無効化しないと——。

木の棒にくくってあったハンカチをほどく。足下から拳大の石を拾い、ハンカチで包んで、てるてる坊主《ぼうず》のような形にする。

あとは、できるだけ近づきたいんだけど、猟銃がこちらを狙《ねら》っている。下手に動くことはできない。

わたしは、また石を拾う。今度は一個ではなく、数個。これをブルドーザーの近くに向かって、投げ上げた。

落ちた石が、ドサドサと音を立てる。数ヵ所で音がしたため、橋川さんの猟銃が、どこを狙っていいのか迷って揺れる。

この隙に、わたしはブルドーザーに向かって走る。橋川さんとの距離、約五メートル。

——大丈夫、この距離なら当たる！

橋川さんが、わたしに気づいた。

猟銃が向く前に、石を包んだハンカチを振り回し、遠心力をつけて投げる。このとき、腕を振らずに押し出すようにして投げると、命中精度が上がる。

ガスッ！

わたしの投げたハンカチが、橋川さんの腕に当たった。猟銃がブルドーザーの下に落ちる。

一気に距離を詰め、落ちていた木の枝を拾い、その先を橋川さんの喉元《のどもと》に突きつける。

橋川さんが、ゆっくり両手を上げた。

わたしの勝ちだ。

「森永は、相手が年寄りでも容赦ないな」

安全を確認した手塚さんが、寄ってくる。

「年齢は、関係ありません。この人は、わたしたちに猟銃を向けました。だから制圧したんです」

わたしは、橋川さんを睨み付けたまま言う。

「猟銃を向けた以上、当然、反撃される覚悟はあったはずです」

「当てる気はなかった。脅しで撃っただけだ」

橋川さんが、震える声で言う。

「それに、さっき『帰れ』と警告したはずだ！　早く村から出て行け！」

さっき……？

橋川さんの言葉に、首を捻る。

「さっきもなにも、橋川さんに会ったのは、今が初めてですけど……」

「そういえば、さっきのは男だったな」

橋川さんが、わたしをじっくり見て言った。男と女を間違えるなんて、大丈夫か？

でも、男の人って……。富田林先輩だろうか？

「その人って、四十歳でバツイチ独身。生活に疲れた感じで大阪弁《おおさか》を話してましたか？」

わたしの質問に、橋川さんは、首を横に振る。

「年はわからん。やたら背が高くひょろひょろしてたな。あと、バツイチ独身かどうかはわからないし、大阪弁を話すかどうかも不明だ」

富田林先輩はひょろひょろはしていない。じゃあ、誰だ？

手塚さんが、ポケットからスマホを出して、橋川さんに写真を見せる。

「この人じゃありませんか？」

「ああ、似てるような気がするな」

頷く橋川さん。

わたしは、手塚さんに写真を見せてもらう。暗い目つきの男が写っている。ひょろっとした背の高い男。これ……登呂井隻の写真だ。

「どうして、登呂井隻が水分村にいるんです？」

「おれに訊くな」

手塚さんが、スマホをしまう。

橋川さんが、わたしたちをしみじみ見る。

「それで、あんたたちは何者だ？」

わたしは、本来の目的を思い出す。橋川さんに突きつけていた木の枝を捨て、名刺入れを出す。

「失礼しました。わたし、ディリュージョン社の森永美月と申します。以後、よろしくお願いします」

最高の笑顔を向けたんだけど、橋川さんは微笑んでくれなかった。


「心を込めて、説得したのですが……。わたしの気持ちは、通じなかったみたいです」

戻ったわたしは、石上さんたちに報告する。

背後から、手塚さんの生暖かい視線を感じるが、気のせいだろう。

「何を言っても、橋川さんは、『村を買い戻したい』と言うばかりで……。理由を訊いても、答えてくれません。リーディングの邪魔をしないようにとはお願いしたのですが、平気で猟銃を撃つような老人です。どこまで言うことを聞いてくれるか保証はありません」

わたしが、困ったもんですという感じで言うと、

「いや、その点は、大丈夫だと思います」

手塚さんが、口を挟む。その目が、「猟銃を持った相手と平気で戦う女の言うことを、無視できる奴はいない」と言っている。

「それより、気になることがあります」

橋川さんが登呂井隻を見たことを、手塚さんは話し始める。

「おれたちが橋川さんのところへ行く前に、銃声がしましたよね。あれは、橋川さんが登呂井隻に向けて撃ったものです」

この話を一番怖がったのは、Qちゃんだ。

「登呂井隻って、自殺したんじゃないんですか?」

「遺書はあったけど、誰も死体を見たもんはおらへん。自殺したことにして、どっかで生きとっても不思議やない。ちゅうか、生きとると思た方が、怖ないで」

富田林先輩が、気楽な調子で言った。

石上さんが、手塚さんを見る。

「監視カメラは、まだ残ってる?」

「十個ぐらいは——」

「じゃあ、それを廃屋とか洞穴のような、人が隠れられそうな場所に設置してきてくれないかしら。YP38の中は、リーディング用のカメラを作動させてあるから大丈夫よ」

メタブックはイメージです
ディリュージョン社の提供でお送りします

「わかりました」

「登呂井隻が生きてようが死んでようがどうでもいいけど、リーディングを邪魔されるのは困るわ」

「でも、幽霊ならカメラに写らないんじゃないですか？」

Qちゃんが訊いた。

「それならそれでかまわない。幽霊なら、リーディングの邪魔できないでしょ」

「面倒なんは、そいつがサダムの回しもんやったときやな」

富田林先輩が、腕を組む。

サダムとは、ディリュージョン社と同じように、リーディングを提供するライバル会社だ。

我が社から業界一位の座を奪うため、いろんな妨害を仕掛けてくる。現に、富田林先輩も、以前はサダムのスパイだった。

「なんなら、罠《わな》を仕掛けましょうか？　人間用のは作ったことありませんが、少しアレンジしたら使えると思います」

わたしの提案を、石上さんは、やんわり断った。

「万が一、怪我《けが》をさせると問題になるわ。まずは、正体を突き止めましょう」

「おれも罠までは必要ないと思うで。そいつが妨害してきても、映像証拠があれば十分や」

富田林先輩も、否定的だ。

手塚さんが、出しゃばるなという感じで、わたしの後ろ襟を引っ張る。

「じゃあ今から、おれとその他一匹で、監視カメラを仕掛けてきます」

……一匹？

文句を言う前に、わたしは山の方へ引きずられる。


全ての仕事を終えたのは、山の向こうに日が沈む頃だった。

わたしと手塚さんは、ＹＰ３８内の古い木造アパートに向かう。そこには、リーディングを監視するためのモニタなどが設置され、スタッフが寝泊まりする場所にもなっている。

時計台の付いた、木造モルタルの建物。入り口で、富田林先輩が仁王立《におうだ》ちしていた。

「部屋割りは、おれが決めた。手塚は、一階の三号室。森永は、二階の六号室の予定やったんやけど、Ｑちゃんが一人部屋は嫌やと言うんで、一号室に二人で泊まったってくれ」

アパートの見取り図を見ると、建物の広さの割に部屋数は少ない。そのぶん、部屋は広い。……もっとも、トイレは共同で風呂《ふろ》はないけど。

「富田林先輩は？」

メタブックはイメージです
ディリュージョン社の提供でお送りします

「おれは、五号室。石上女史は、一号室の隣の管理人室だ。明日来る顧客《リーダー》は四号室で、相手役のアイドルには二号室に入ってもらう。空いた六号室はスタッフルームや。すでに、機材は運び込んだで」

胸を張って言う富田林先輩。

「この部屋割りには、なにか意味があるんですか？」

手塚さんが訊く。

「おれの趣味や。ちなみに、宴会は五号室でやるからな。遅れるんやないで」

富田林先輩は、とても楽しそうだ。

第三章

エディター、お約束に物申す

早朝から富田林先輩に起こされ、アパートの庭でラジオ体操。

「これ……毎日、やるんですか？」

寝ぼけた頭で、先輩に訊いた。

「安心せぃ。やったかどうか忘れんよう、ちゃんと判子《ハンコ》を押したるで」

わたしたちは、手作りの『ラジオ体操出席カード』をもらう。

ラジオ体操より、少しでも睡眠をとりたいんだけど、出席カードまで作られてしまうと何も言えない。

喜んでるのは、富田林先輩以外には手塚さんだけだ。帰国子女の手塚さんは、みんなとラジオ体操をするという行為が楽しいのだそうだ。

早朝から、調達屋チームが、ＹＰ３８に足りなかった機材や家具を運び込んでいる。その中には、仕出し弁当などの食料や食材もあった。

簡単な朝食を食べ終えた頃、重いエンジン音がした。山の中には似合わないイタリア製のスポーツカーがアパートの庭に入ってきた。

真っ赤な車体は、山の緑の中では、ものすごく目立つ。

運転席から降りる北野さん。レイバンのサングラスを外し、わたしたちに挨拶する。

「おはようございます。超常現象にはふさわしくない、素晴らしい天気ですね」

その言葉通り、まぶしいような青空が広がっている。

「今日から、よろしくお願いしますよ」

わたしたちに、笑顔で握手を求めてくる北野さんは、常識ある紳士と言える。なのに、どこか信用できない。

しかし、いつまでも北野さんについて考えることはなかった。

わたしの意識は、助手席から降りてきた美少女に奪われる。

「粟井永恋といいます。アクターとして、ディリュージョン社のリーディングに参加させていただけるのは、とても貴重な経験です。勉強させていただきます」

落ち着いた口調で挨拶し、頭を下げる。長い黒髪が、さらりと揺れた。

背が高く、アイドルというよりモデルや女優という感じ。データによると十八歳なんだけど、ものすごく落ち着いている。わたしより歳下なのに、部活の先輩に会ったような気分になってしまう。

彼女は、警戒するように、あたりを見る。不安を和らげてあげようと、わたしは名刺を出し、粟井永恋の前に出た。

「ディリュージョン社MO課の森永美月です。よろしくお願いします」

「えっ、ああ……よろしくお願いします」

ビクッとした感じで、彼女が答えた。

「粟井永恋って、かわいい名前ですよね。本名ですか？　永恋ちゃんって呼んでいい？」

矢継《やつ》ぎ早《ばや》に、わたしは言う。

「ええっと……」

怯えた子犬のような目になる永恋ちゃん。

「やめろ！」

言葉と同時に、脳天へ衝撃。手塚さんが、手刀《しゅとう》を落としたのだ。

「おれたちスタッフが、アクターを怖がらせたら駄目だろうが！」

「仲良くなろうとしただけじゃないですか……」

頭を押さえながら、わたしは言った。

手塚さんは、聞く耳を持たない。そして、永恋ちゃんの方を見ると優しく言った。

「顔色が悪いようだけど、大丈夫ですか？　今日は打ち合わせだけだから、無理をしないようにしてくださいね」

「そやそや。怖い野良犬は、おれが隔離しといたるでな。安心し」

富田林先輩も、口を挟む。〝怖い野良犬〟というのは、わたしのことか？

わたしは、Qちゃんの肩に腕を回し、囁く。

「永恋ちゃんに対する男性陣の態度、どう思う？　わたしたちに対するときと、違いすぎると思わない？」

「言葉は、正確に使ってください。〝わたしたち〟ではなく、〝わたし〟と言ってほしいです」

Qちゃんが、わたしの腕を外す。

「手塚さんも富田林さんも、わたしには紳士的に接してくれています。あと、わたしと手塚さんをひっつけようとするのは、やめてください。手塚さんが、迷惑します」

きっぱり言うけど、〝手塚さんが、迷惑します〟という言い方は、〝わたしは迷惑していない〟という気持ちを含んでいるのではないだろうか。

Qちゃんは、学生時代からつきあっていた彼氏と別れて、心を痛めている。こんなときは、新しい恋を始めるのが一番いいんだけどな。

いろいろ考えてあげてるわたしを無視し、Qちゃんが、永恋ちゃんに近づく。

「ディリュージョン社L1課の九瑠璃です。——本当に大丈夫ですか？　少し顔色がさえないようですが」

優しいお姉さんの口調で、Qちゃんが言った。

「すみません、ご心配をおかけして……。さっきから、気分が悪くて……」

永恋ちゃんの言葉に、わたしを見る手塚さん。

いや、わたしの責任じゃありませんから。

永恋ちゃんが、周りの木々を見る。

「みなさんは、感じませんか？」

え？　……何を？

「とても強い怒り……。同時に、深い哀しみ……。そんなものが、渦巻《うずま》いています」

目を閉じて、静かに言う永恋ちゃん。その姿は、アイドルというより巫女《みこ》さんのようだ。

北野さんは、ハンディカメラを出して永恋ちゃんを撮影している。

心霊番組なんかで、幽霊スポットに行った女の子がトランス状態になるのを見るけど、それとは少し違う。

耳のいい人が、他の人には聞こえない音を聞けるような――。永恋ちゃんを見てると、そんな感じがする。

北野さんが永恋ちゃんを起用したのは、彼女の霊能力は本物だと感じたからではないだろうか？

そういえばわたしも、カップ麺《めん》の匂いをかぐだけで、メーカーを言い当てることができる。手塚さんに、この能力を話したら、

「その価値のない能力を捨てて、読書能力を身につけろ！」

と怒鳴られた。わたしは、選ばれし者の恍惚《こうこつ》と不安を感じた。

そんなことを思い出してると、石上さんが、わたしと手塚さんを手招きした。

「二人は、YP38の中を調べて、不測の事態に備えてちょうだい」

真剣な石上さんの目。

「わたしは、呪いも心霊現象も信じない。でも、粟井さんの様子を見てると……」

石上さんも、わたしと同じようなことを感じたのだろう。

わたしは、敬礼を返す。

「了解しました！」


わたしと手塚さんは、古アパートの六号室にこもる。

十畳の部屋には、十六台のモニタが用意されている。半分は、リーディング用。顧客《リーダー》やアクターの動きを追うのに使う。残り半分は、村のあちこちに仕掛けた監視カメラの映像を映している。

手塚さんが、レコーダーを操作する。

監視カメラは二十四時間作動している。夜の山のように完全な闇の中でも、赤外線LEDが搭載されているので、撮影することができる。

また、動体検知機能も付いてるので、何か動くものがフレームに入ったとき、自動で映像を録画するようになっている。

「なんだ、これは！　やたら、録画されてるぞ」

レコーダーを操作していた手塚さんが、驚きの声を上げる。

「昨夜、登呂井隻は、こんなにうろついてたのか」

手塚さんの呟きに、わたしは、首を横に振る。

「たぶん、違いますよ」

「どういうことだ」

「映像を見たら、わかりますよ」

まず、一番カメラに録画された映像をモニタに出す。

暗視モードで記録された、緑色っぽい映像。吊り橋が映っている。

画面の右側からフレームに入った物を見て、手塚さんが叫ぶ。

「おわ！　怪獣か！」

「シカって動物、知りませんか？　奈良《なら》公園に行ったら、ゴロゴロいますよ」

「……シカは知ってるが、こんな風に見ると、怖いな」

画面の中では、六頭のシカがゾロゾロと歩いている。そのうち四頭は、小さな牛ぐらいの大きさがある。

画面の中で、シカは、吊り橋の欄干《らんかん》のところでウロウロしている。

「何やってんだ？」

「欄干の鉄のところを舐《な》めてるんですよ。シカって、鉄を舐めるのが好きなんです。よく、山間を走る列車がシカと衝突するでしょ」

「そうなのか？」

「あれは、シカが鉄のレールを舐めに来て衝突してるんです。知りませんでしたか？」

「………」

手塚さんは、何も言えない。まったく、これだからものを知らない人間とは、話がしにくい。

その後も、うり坊をつれたイノシシや、キツネ、タヌキが映るたびに、手塚さんは驚きの声を上げる。はっきり言って、うるさい。

「サルは、映ってないな」

残念そうに、手塚さんが言う。すでに、ナイトサファリを楽しむ観光客になっている。

「あいつらは、賢いですからね。暗くなったら、あまり活動しないんです。それより、登呂井隻が映ってないかどうか、しっかり見てくださいね」

わたしに怒られて、表情を引き締める手塚さん。

十数台のカメラが記録した映像をチェックし始めて三時間——。

「なんで、こんなにシカやイノシシが多いんだ」

手塚さんの、ブツブツ言う回数が多くなってきたとき、獣以外のものが画面に映った。

「止めてください」

一時停止した画像を拡大する。

明らかに、シカやイノシシではない。獣は、懐中電灯《かいちゅう》を持ったりしない。

木の枝に設置したカメラなので、正面からではなく、斜め後ろからの映像だ。虫対策か、長袖《ながそで》のパーカーにフードまでかぶっている。

背格好から男性のようだ。しかし、年齢まではわからない。

一時停止を解除する。

パーカーの男は、懐中電灯で足下を照らしながら歩いて行き、フレームの外に消えた。

「身長的には、登呂井隻と同じぐらいですか？　でも、この映像だけじゃ、断定できませんね」

わたしの言葉に、手塚さんもうなずく。

「じゃあ、このカメラが設置してある場所に行ってみましょう。何か、手がかりがあるかもしれません」

立ち上がるわたしを、手塚さんが止めた。

「ちょっと待て、森永。他の映像が残ってる。一応、最後までチェックしよう」

もっともな意見に、わたしは座り直した。

もう少しで全ての映像を見終えるというとき、それが映っていた。

「……なんなんですか、これ？」

わたしは、画面を指さす。

手塚さんは、何も答えない。彼も、わからないのだ。

このカメラが設置されているのは、ＹＰ３８の古い住宅地。電柱に取り付けたやつだ。土の道路を背景に、何か白っぽい靄《もや》のようなものが、画面の上部から下の方に移動している。

人でも獣でもない。だったら、なんなのか……？　映像が不鮮明で、特定できない。

「風に飛ばされた綿菓子でしょうか？」

わたしは、あえて明るい声で言った。

時間は、お昼前。外では、匠班や調達屋チームが、最後の仕事をしている。時折《ときおり》、鳥の鳴き声も聞こえる。

窓からは太陽の光が差し込み、魑魅魍魎《ちみもうりょう》が隠れられるような闇はない。

なのに……。

わたしの腕には鳥肌が立ち、頬を冷たい汗が伝う。

「今、はっきりしてるのは――」

手塚さんが、口を開く。

「リーディングがスムーズに進むよう後方支援する——これが、おれたちの仕事だということ。そのためには、呪いだろうがなんだろうが、排除する」

そう言う口調は、少し震えている。だが、仕事を放棄しようとしている者の声ではない。

最後まで仕事をやり抜くため、恐怖を押さえ込んでる男の声だ。

わたしは、重々しくうなずく。


六号室を出たわたしたちは、最後に見た映像の場所に行く。

そこは、町並みの中心部分。一番目立つ場所だ。

綿菓子のようなものが映っていた位置に立ち、辺りを見回す。目を閉じ、息を静かに吐《は》き、精神を落ち着かせる。

いったい、あの綿菓子のようなものは、なんだったのか？

わたしは、山の精霊が語りかけてくれるのを待つ。

……。

「おい、寝るな！」

手塚さんに怒鳴られ、ハッと目を開ける。

いかん、いかん。目を閉じていたら、眠ってしまってたようだ。

わたしは、大きく伸びをして、手塚さんに訊く。

「何か、気づきましたか？」

「森永は、目を閉じて一分で眠れることに気づいた」

手塚さんの声が冷たい。

カップ麺の違いはわかるが、超常現象を感じる能力は、わたしにはないようだ。だったら、能力のある人間を連れてくればいい。

わたしは、手塚さんを残し、リーディングの打ち合わせが行われている神霜家に向かう。

家の庭では、北野さんと永恋ちゃんが、富田林先輩から演技指導を受けていた。石上さんとQちゃんの姿が見えないが、家の中で最終チェックをしてるようだ。

「すみません。永恋ちゃんをお借りします」

北野さんと富田林先輩に言って、永恋ちゃんの腕をとる。

「おい、ちょ待てや、森永。いったい、なんなんや？」

「説明してる時間がもったいないので——」

それだけ言い残し、わたしは走る。永恋ちゃんが暴《あば》れなかったので、とても走りやすい
（怯えて、声も出なかったのかもしれないが……）。

中年男性二人をぶっちぎり、手塚さんの元へ戻る。

「なんなんですか、いったい？」

手塚さんを見て、少しホッとした表情の永恋ちゃん。

「打ち合わせ中に、ごめんね。永恋ちゃんに、教えてほしいことがあるの」

わたしは、監視カメラに写った靄のようなものの話をする。

「いったい、この場所で何が起きたのか、永恋ちゃんならわかるんじゃない？」

この質問に、彼女は首を横に振る。

「何も感じません。ここで、特別に何か起きたとは考えにくいです」

そうなのか……。

ガッカリするわたしを押しのけ、手塚さんが口を開く。

「ここへ着いたとき、粟井さんは、怒りや哀しみを感じると言いましたよね？　今も、その感じはありますか？」

永恋ちゃんが、こっくり頷いた。

「はい……。でも、だいぶ慣れました。それに、わたしたちに危害をくわえようとは思ってないようですし」

えっ、そうなんだ。

「もう一つ、教えてください。あなたは、『あなたと二人組』を読んでるんですよね。呪いが怖くないんですか？」

メタブックはイメージです
ディリュージョン社の提供でお送りします

すると、一瞬、永恋ちゃんが泣きそうな顔になった。でも、すぐに笑顔を作ると、手塚さんに言う。

「こんなこと言っても信じてもらえないでしょうが――。わたし、人の死期がわかるんです。死ぬ人の周りには、黒い影がつきまといます。死の原因に関係なく、影は現れます。そして、影が現れてから間もなく、その人は死にます」

まるで、化学の実験報告をするような口調の永恋ちゃん。

「その影は、わたしのところに来てません。だから、呪い殺される心配はしてません」

「この村にいる人の中に、影が来てる人はいますか?」

「いません」

永恋ちゃんが、即答した。

わたしは、ホッとする。

呪いなんか信じてないし、冷静に考えたら永恋ちゃんの能力だって、どこまで信じられるかわからない。

でも、死人が出ないと言ってもらえると、ホッとする。

手塚さんが、永恋ちゃんに頭を下げる。

「あなたが自分の能力についてどう思ってるかを、おれは知りません。今の様子を見ても、能力を誇ってるようには思えません。なのに、こうして不躾《ぶしつけ》なお願いに応えてくださり感謝します」

そして、わたしに対しては、

「彼女を、お送りしろ。おれは、先に登呂井隻が写った場所に行っている」

ふんぞりかえって言った。

「手塚さんって、どういう人なんですか？」

永恋ちゃんを送る途中、訊かれた。

「すぐに人を叩く暴力主義者。帰国子女で、ラジオ体操をしたことがない。あと、高校へ行かずに引きこもってた」

「優しい人ですね」

永恋ちゃんが、呟く。

わたしの的確な批評を聞いてなかったのか、永恋ちゃんの見る目が曇ってるのか、どっちだ？

「わたし、小さいときから、自分の能力が嫌いでした。自分が見えてることや感じてることを言うと、みんな、わたしのことを気味悪がりました。近づいてくるのは、北野さんのように、わたしの能力を利用したい人だけです」

はい、わたしも、永恋ちゃんの能力を利用しました。

「わたしが能力をどう思ってるのか考えてくれたのは、手塚さんが初めてです。ありがとうございますと、お伝えください」

はい、わかりました。

わたしも、反省します。


永恋ちゃんを送り届け、手塚さんと合流するため山の中へ——。

のっそりのっそり林を歩いている手塚さんを発見。

「ゆっくり歩いてるのは、わたしを待っててくれたからですか？」

追いついたわたしは、声を掛ける。

振り返った手塚さんが、宇宙人を見たような顔になる。

「おれは、普通に歩いてる。っていうか、山に慣れてない都会人は、そんなに早く歩けないんだよ。森永を待つ？——そんな選択肢は、絶対にない」

一緒に歩きながら、永恋ちゃんからのメッセージを伝える。

「彼女、手塚さんにお礼を言ってましたよ。自分の能力について気遣《きづか》ってくれたのは、手塚さんが初めてだって」

「…………」

聞いてる手塚さんに、照れる様子はない。

しばらくして、口を開いた。

「子供の頃、この国に来て一番不思議に思ったのは、みんなと同じでないといけないってことだった。他の人と違ってると恥ずかしい、隠さなくてはいけない。口では『個性の尊重』なんて言ってるが、本音は違う。みんなと同じになるように個性を殺し、違う者を排除する。そんな国で、彼女のような能力を持った者はどう思うか？　当然、隠したい。そう考えただけだ」

なるほど。ライターやってるだけあって、いろいろ考えてるんだ。

わたしは、疑問をぶつける。

「そんな優しい手塚さんが、本を読めない能力を持つわたしに、冷たく当たるのはどうしてなんです？」

立ち止まった手塚さんが、振り返る。

「森永は、本を読めないことを隠してない。あと、本を読めないことを〝能力〟などと表現するな。そして、そんな奴に優しくしてやる必要はない！」

飛んでくる罵声《ばせい》を避けるため、わたしは首を引っ込める。社会人になってから、首関節が異様に柔らかくなったような気がする。

登呂井隻が写っていた場所に着く。昨日、橋川さんに会ったところより、少し手前の場所だ。

わたしは、草や藪に覆われた地面や、生えてる木を調べる。

「登呂井隻って人、身長は百八十五センチぐらいですか？　体重は、六十キロぐらいだと思うんですが――」

手塚さんに訊くと、ビックリした顔が返ってきた。

「なんでわかるんだ？」

「足跡が残ってますからね。正確じゃないけど、歩幅から、だいたいの身長はわかります。あと、こちらの柔らかい地面に残ってる足跡。わたしの足跡より、ずいぶん深いでしょ。だから、六十キロぐらいかなと思ったんです」

「……二つの足跡が同じぐらいめり込んでるように、おれには見えるんだけどな」

年頃の女性に、ものすごく無礼なことを言う手塚さん。今度、老眼鏡をプレゼントしてやろう。

「しかし、足跡からそこまでわかるのか。すごいな、森永」

手塚さんが、感心した声を上げる。

「よく観察すれば、性格もわかりますよ。おそらく、登呂井隻は、すぐに人を叩く暴力主義者ですね。帰国子女で、ラジオ体操をしたこともないでしょう。あと、高校へ行かずに引きこもってた過去を持ってます」

足跡を指さして言うわたしに、手塚さんが殺意のこもった目を向けてくる。

「それ、おれの足跡じゃないか?」

「失礼しました。間違えました」

「わざとだろ?」

手塚さんの追及を、わたしは笑顔で誤魔化す。

「でも、一つはっきりしましたね。登呂井隻は、生きています。幽霊なら、こんな風に、足跡を残すことはできません。彼が山に来た目的は、おそらくリーディングの妨害でしょう」

「ふむ……」

手塚さんが、腕を組む。そして、わたしに指示を出す。

「手分けしよう。森永は、綿菓子のようなものの謎を解明してくれ。おれは、登呂井隻を確保する」

「登呂井隻は、わたしが担当した方がいいんじゃないですか? 山の中なら、わたしの方が向いてると思います」

手塚さんが、首を横に振る。

「いや、何と言っても登呂井隻は男だ。女性の森永を、危険な目に遭わせるわけにはいかない」

こういう台詞を素直に信じられるほど、手塚さんとの付き合いは、短くない。

「正直に言ってください。呪いより、人間を相手にする方がいい——でしょ？」

わたしが言うと、手塚さんが目をそらす。

「……森永を、危険な目に遭わせるわけにはいかない」

虚《むな》しく、同じ言葉を繰り返す。説得力のかけらもない。


登呂井隻を捜すという手塚さんを残し、街へ戻る。

神霜の家では、北野さんと永恋ちゃん、富田林先輩の三人が、縁側——じゃなく、広縁に腰掛けて休憩している。

「よぉ、森永。こっちは終わったで。この二人は、今やアカデミー賞の主演賞を取れるレベルや」

得意げに言う富田林先輩。

それに対して、北野さんは、あまりうれしそうじゃない。彼の目的は、リーディングを楽しむことより、超常現象の映像を撮ることだ。本音は、呪いによって何人か死んでほしいってところだろう。

庭の外を、匠班の連中が帰っていく。

富田林先輩が、声を掛ける。

「おつかれさん！　こっちも準備は万端や。明日からのリーディングは、なかなかすごいもんになるで」

「もし、何かセットに不備があったら、すぐに連絡してください。──もっとも、そんなことはないでしょうけどね」

匠班班長が答える。男が仕事を完遂した、自信にあふれる言葉だ。

引き上げる匠班に、わたしは最高の笑顔を送る。しかし返ってきたのは、敵意のこもった目。

そういえば、匠班の連中と大立ち回りをやったことがあったっけ。わたしはすっかり忘れてたけど、彼らはしっかり覚えてるみたい。

匠班の後から、石上さんと北野さんとQちゃんもやってきた。

石上さんは、まっすぐ北野さんのところへ行くと、頭を下げた。

「準備は、全て終わりました。予定通り、『あなたと二人組』第一章のリーディングを、明日の午前十時から始めたいと思います」

「よろしくお願いします」

北野さんが立ち上がり、石上さんに握手を求める。

「撮影の方も、大丈夫ですか？」

「カメラの点検は、終わりました。呪いなど信じてませんが、通常のリーディングよりカメラの数を増やし、あらゆる場面を撮れるようにしてあります。他にも監視カメラを設置したので、何か不思議な現象が起きれば間違いなく記録されます。あと、こちらの富田林がハンディカメラで、お二人の姿を追います」

石上さんの背後で、富田林先輩がVサインを出した。

わたしは、監視カメラに綿菓子のようなものが写っていたことを話そうかなと迷ったが、黙っていた。

山の方から、重機の音が聞こえる。橋川さんが、仕事をしているのだろうか。銃声がしないかと耳を澄《す》ましていたのだが、聞こえない。取りあえず、山にいる手塚さんは無事なようだ。

「ほな、これから前夜祭に突入しょか！　五号室で酒盛りしようやないか！」

勢いよく、富田林先輩が言う。

「まだ、手塚さんが山から戻ってませんが――」

わたしが言うと、指をチッチチと振る富田林先輩。

「スマホで連絡したり」

「手塚さんは、わたしからの電話には、基本的に出ません」

「やったら、伝書鳩《でんしょばと》でも飛ばし」

すでに、酔ってるのかと思われるような台詞。仕方ない、宴会が始まる前に、手塚さんを迎えに行こう。

今度は、Qちゃんがタブレットに出したリストを見ながら言う。

「酒盛りと言われますけど、お酒もおつまみも、持ってきてませんよ。持ち込みリストに載ってるのは、リーディングに必要なものだけです」

「あかんなぁ、Qちゃんは。こういうとき、リストに載ってへんでも、こっそり持ってくるのが、一流のエディターやで」

そこまで言って、富田林先輩が口をつぐむ。背後に、石上さんの殺気を感じたのだ。

「富田林さん。うちの新人に、妙なことを吹き込まないでください」

「わかってる、わかってるって」

そして、富田林先輩はQちゃんに言う。

「大丈夫、安心し。こんなとき、ちゃんと酒類を持ってきとるんが、先輩の仕事やからな。一週間、毎晩酒盛りしても、おつりがくる量は持ってきたで」

実に頼りになる台詞だ。

「でも、どこに置いてあるんです、そんなに大量のお酒?」

わたしが訊くと、富田林先輩は、また指を振った。

「YP38の外れに、大道具をしまっとく倉庫があるやろ。あそこに、隠してあるんや」

「でも、倉庫には鍵が――」

Qちゃんの言葉は、富田林先輩が鍵を見せたことで途切れた。

「ちゃんと合い鍵も作ってある。抜かりなしや」

胸を張る富田林先輩。

頭を抱えるのは、石上さんだ。

「富田林さん……。少し、ディリュージョン社の服務規程について、お話ししましょうか」

「いや、丁重に遠慮しとくわ」

そのとき、吉本《よしもと》新喜劇のテーマ曲が聞こえてきた。

なに、これ？

辺りを見回すわたしに、Qちゃんが教えてくれる。

「石上さんのスマホの着信音です」

着信音に、吉本新喜劇のテーマ曲……。いや、好みは人それぞれだけどね。

石上さんはスマホを取り出し、画面を見て息を飲んだ。わたしは、首を伸ばして画面を見る。

着信　登呂井隻

「石上さん、登呂井隻の電話番号を登録してあるんですか？」

わたしの質問に、石上さんは無言だ。引きつった表情のまま、スマホを耳に当てた。

「もしもし？」

それだけ言って、相手の反応を待つ。

十秒ほど、無言の時間が流れた。そして――。

「何を言ってるんですか！　もしもし！　もしもし！」

おお、これは二時間ドラマなどでよく見る、切れた電話に話しかけるシーンだ。

「なんて言ってきたんですか？」

Qちゃんが訊いた。

「〈『あなたと二人組』は呪われている。リーディングを中止しろ〉――これだけ言って、電話は切れたわ」

「石上さんは、登呂井隻の声を知ってるんですよね？　本人の声でしたか？」

わたしの質問には、首を横に振る。

「もう何年も聞いてないから……。あんな声だったような気はするけど……」

「貸してください」

わたしは、石上さんからスマホを奪う。着信履歴から、登呂井隻に電話をかけようと、

メタブックはイメージです
ディリュージョン社の提供でお送りします

スマホを操作する。

「あれ……？」

着信履歴に、登呂井隻の名前がない。おかしい……。さっきは、画面に『着信　登呂井隻』の文字があったのに……。

「変です。着信履歴に、名前がありません」

石上さんに、スマホを見せる。

なおも、操作しようとしたら、脳天に衝撃。いつの間にか山から戻ってきていた手塚さんと石上さんが、ダブルで手刀を落としてきたのだ。

「森永、人のスマホを好き勝手に触るんじゃない！」

手塚さんの説教の後、石上さんが黙ってスマホを取り返す。

「呪いだな……」

さっきから、ハンディカメラを回している北野さんが、重々しく言う。

「登呂井隻は、成仏《じょうぶつ》できずに彷徨《さまよ》ってるんだ。そして、自分が残した『あなたと二人組』で、不幸な犠牲者が出ないよう、警告している」

わたしは、北野さんが超常現象を信じてないことを聞いている。でも、この様子を見ていると、本当は信じているんじゃないかと思えてくる。

北野さんの様子を見て、Qちゃんが怯えている。

わたしは、永恋ちゃんに近づき、こっそり訊いた。

「今の電話、死者からの電話？」

「わたしには、なんとも……」

永恋ちゃんも怯えているようだ。

あっ、ひょっとして、わたしに怯えてるのか？

「誰のところにも、影は現れてない？」

「はい」

彼女の能力を完全に信じてるわけじゃないけど、取りあえず安心する。誰かが死ぬという最悪の事態は、避けられそうだ。

富田林先輩が、石上さんに言う。

「そんなに心配することないんちゃうか？　仮に登呂井隻が存在したとして、しょせん幽霊やんか。実体のないオバケに何ができる？　精々、イタズラ電話を掛けてくるぐらいやて」

実に、もっともな話だ。……しかし、実体のないオバケが、どうやってイタズラ電話を掛けるのだろうか？

「だいたい、生きとる人間の方が死人より強いんやで。死んで強なるんは、ゾンビぐらいや。死人を恐れるより、気持ちを強く持つ方が大事やて」

メタブックはイメージです
ディリュージョン社の提供でお送りします

わたしは、先輩の後ろで拍手する。まったく、同意見だ。

「気持ちを強く持つには、宴会が一番や。飲んで大騒ぎしたら、生命エネルギーも満ちあふれて、幽霊なんか近づいてこれへんて」

「その通りだ！」

わたしは、拳を突き上げる。

「というわけで、宴会の準備にかかりましょう。わたしが、お酒とつまみを取りに行きます」

倉庫の鍵を借りようと富田林先輩に手を出したら、ぴしゃりと叩かれた。

「それは、おれがやる。おまえに任せたら、酒もつまみもあるだけ持ってくるやろ。先は長いんや。計画的にやらんとな」

INTERVAL　スタッフ、盛り上がる

夜、古アパートの五号室で、宴会が始まった。

酒宴の様子なんか書いても仕方ないから省略してもいいんだけど、未成年の永恋ちゃん以外は、がんがん飲んでいた。

真っ先に酔いつぶれたのは、富田林先輩。あれだけ宴会したがっていたわりに、あっけなかった。

先輩を手塚さんの三号室に放り込み、宴会は続いた。

あと、橋川さんも宴会には参加している。石上さんが声を掛けたのだ。

橋川さんは、最初は、ディリュージョン社の人間とは飲みたくない！　と言っていた。でも、大量の酒と若いQちゃんや永恋ちゃんを見て、少しだけなら参加してやろうと、いそいそとやってきた。──わたしを見て、帰りそうになったけどね。

石上さんは、手酌《てじゃく》で飲みながらもリーディングの流れを確認している。

北野さんは、ハンディカメラを片手に、橋川さんに話を聞いている。村の伝説や怪談を聞き出したいのだろう。

「そんなものはない！」

橋川さんは、素っ気なく答えて酒をあおる。

「そんなことはないでしょ。だったら、どうして住人は村を捨てたんです？　住人が逃げ出すような、不気味な伝承があるんじゃないですか？」

食い下がる北野さん。

おもしろそうなので、わたしは二人の近くで話を聞く。

橋川さんが、北野さんの湯飲みに酒をつぐ。

「あんたも、わからん人だな。みんなが村を出て行ったのは、ここの暮らしが不便だからだ。働くところもない、物を買おうにも店はない、数年前には電話線も撤去された。――誰が、こんな山奥に住みたがる？」

「あなたは、住んでるじゃないですか」

北野さんに言われて、橋川さんは苦笑する。

「この村には、自然しかない。わしは、その自然が好きなんだ。どれだけ不便でも、山の向こうから昇る太陽を見て、湧き水を飲み、谷を渡る風を聞く。これ以上の贅沢な生活は、ないだろ？」

北野さんは、答えない。酔いが回ったのか、座ったまま居眠りしている。

わたしは、北野さんを起こさないようにして、橋川さんの隣に行く。

「なんだ、昨日の姉ちゃんか」

少し、ビクッとした感じで、橋川さんがわたしを見る。

「まぁまぁ、昨日はすみませんでした」

わたしは、一升瓶《いっしょうびん》を橋川さんに見せる。

「ここは、一杯飲んで水に流しましょう」

橋川さんの湯飲みに、なみなみと酒を注ぐ。

警戒しながらも、橋川さんは湯飲みに口をつける。

「……やはり、日本の酒はうまいな。外国の酒は、ただでもらっても口に合わん」

しみじみ言う橋川さん。

わたしは、二人の話を聞いていて思いついたことを訊く。

「さっき北野さんに言ってましたけど、橋川さんが村を離れないのは、自然が好きという理由だけですか？」

「どういう意味だ？」

「この村には、何か秘密がある。そのために、あなたは村に残っている。──違いますか？」

わたしは、得意げに言う。

橋川さんは、鼻で笑う。でも、湯飲みを持ってる手が、微《かす》かに震えているのを、わたしは見逃さない。

「その〝秘密〟ってのは、なんだ？」

声を潜《ひそ》める橋川さん。

わたしも、小声で言う。

「ずばり、〝埋蔵金〟じゃないですか？」

「はぁ？」

橋川さんが、棒高跳びに挑戦するゾウを見る目になる。

「戦国時代、財宝を持った落人《おちうど》が、この村にやってきた。村の人たちは、その落人を殺し、財宝を奪った。今も、その財宝は村に隠されている。こんなところじゃないですか？」

「ないない」

あっさり否定する橋川さん。

「だいたい、おかしいだろ？　そんな財宝が村に隠されてるのなら、どうしてわしは、デイリュージョン社に村を売ったんだ？」

あっ、そうだった。

「財宝が隠されてるのを知ったのは、村を売ったあとだった。――どうです？」

わたしの取って付けた考えを、橋川さんが、鼻で笑う。

そして、一升瓶から湯飲みに酒を注ぐと、しみじみ言った。

「わしは、この村の自然を残したいだけなんだ。村の連中は、村を離れるとき、わしに土地を託していった。自然を残してくれという願いが込められていたんだ。しかし、一人残されると、そんな気持ちが重荷になってな……。おまえたちの会社に、村を売ってしまった。わしの代わりに、村の自然を守ってくれたら、それでいいと思ったんだ。なのに、ディリュージョン社は、村の中を好き勝手に作り替えている。『USO800』なんて名の街まで、村の中に作ってしまった」

「USO800ではなく、YP38ですよ」

わたしの訂正は、無視される。

「このままじゃ、わしの好きな自然が壊されてしまう。だから、買い戻したいんだよ」

得意顔で答える橋川さん。

わたしは、追及の手を止めない。

「自然を残したいと言ってる割に、重機で林を切り開いてませんでしたか？」

「あれは……湧き水を汲《く》みに行くのに、道が狭いから……」

「それって、自然を残したいという気持ちと、矛盾《むじゅん》してませんか？」

「………」

橋川さんは、答えない。湯飲みの酒を飲み干すと、立ち上がった。

「わしは、帰る」

一升瓶を奪っていくのを忘れない。

わたしは、〝埋蔵金〟という考えを、捨てられない。一人で飲んでる石上さんのところに行って、質問する。

「水分村に、財宝が隠されているという噂はありませんか？」

「ないない」

橋川さんと同じように、速攻で否定する石上さん。

「資料によると、水分村は、林業と椎茸《しいたけ》や山葵《わさび》の栽培でなりたっていた村なの。財宝が隠されていたなんて話があったら、村興しに利用したでしょうね」

「………………」

「郷土史家に聞いた資料もあるけど、ここは、財宝や偉人、重大事件から見放された村。歴史的に書けることは、『十年前に廃村になった』――これだけよ」

「廃村になった経緯は？」

「外国から入ってくる安い建材ね。後継者不足もあって、村の林業は、一気に廃《すた》れていったわ。一軒引っ越し、二軒引っ越し――。それまでは村を残そうと頑張っていた人たちも……、人口が五十人を切ったところで、廃村が決まったの」

「どうして、橋川さんは残ったのでしょう？」

「彼は、なんて言ってた？」

「村の自然を守りたいと――」

わたしが言うと、石上さんは頭を掻《か》いた。

「正確には、残るしかなかったの。橋川さんには、家族がない。頼れる親戚《しんせき》もない。受け入れてくれる知り合いもいない。この村しか、橋川さんには居場所がないの」

そして、村の土地を売った金で、余生《よせい》を送るようになった。

「だいたい買い戻そうにも、橋川さんにはお金がそんなに残ってないと思うわ」

ますますわからなくなった。いや、アルコールのせいか、頭が働かなくなってきた。こんなときは、もっと酒を飲めば、何も気にならなくなる。

わたしは、手近なウイスキーボトルを持つ。富田林先輩が用意した酒類は、どこから持ってきたのか、封が開いているものばかりだ。

石上さんの持ってる湯飲みに、ウイスキーを注ぐ。まるでお茶を飲むように、石上さんが湯飲みを空にする。……ウイスキーって、こんな飲み方しても大丈夫だっけ？

「そういえば、手塚さんはL1課にいたんですよね。どんな感じでした？」

わたしの質問に、石上さんは腕を組む。

「そうね……。とにかく、入社してきたときは、〝生意気が学生服を着てる〟って感じの坊やだったわ。今は、〝生意気がカジュアルを着てる〟って感じのガキね」

生意気な子供ってところは、変わってないんだ。

メタブックはイメージです
ディリュージョン社の提供でお送りします

「でも、手塚さんは、石上さんにすごく感謝してますよ。おれに小説の書き方を仕込んでくれたって——。石上さんは、小説を書いてたんですか？」

するとと、一瞬、石上さんが複雑な表情になった。

なんて言うんだろう？　引き出しの奥から、隠しておいた悪い点のテストを見つけられてしまったときのような……そんな顔？

「昔ね……ちょっとだけ」

ぼそりと、石上さんが口を開く。

「すごいですね！」

わたしは、心の底から言った。

本を読まないわたしにとって、本を読む人というのは、尊敬に値する。その本を書く側の人なんて、尊敬どころの騒ぎじゃない。神のごとし！　……そういや、手塚さんもライターなんだけど、尊敬する気になれないのは、なぜだろう？

「少しもすごくないわ。わたしが和ちゃんに教えたのは、小説の書き方。小説の書き方を知ってるのと、すごい小説が書けるというのは、全く別の問題なのよ」

そういうものなのか。

「わたしが書いたのはミステリーだけど、まともな作品は一つも書けなかったわ。トリックやストーリーを考えるのは得意だけど、小説の形にはできなかった。推理パズルのレベルを超えられなかったの」

石上さんが、笑顔で手塚さんを見る。

「才能があるっていうのは、和ちゃんみたいなライターのことを言うのよ。トリックも考えられて文章も書けるライターは、わたしの知ってる限りでは、和ちゃんだけね」

あれ？

「登呂井隻は、違うんですか？」

わたしが訊くと、石上さんはウイスキーのボトルを取り、湯飲みにダボダボ入れた。

「ああ……彼も、才能あったわ」

なんだか、引っかかる言い方だ。

「前から気になってたんですけど、登呂井隻ってペンネームですよね？」

「そうよ。当時のペンネームは、登呂井芽来《めらい》。本名は、どこにでもあるような平凡な名前。ふざけたペンネームからもわかるけど、言葉遊びやダジャレが大好きでねー。みんなからは、〝山ちゃん〟て呼ばれてたわ」

「よく知ってるんですね」

「学生時代からの腐れ縁よ」

初耳だ。

「同じ学校だったんですか？」

うん、ライターという人種が変わってるのは、手塚さんを見ているから、とてもよくわかる。

「変わった人よ」

少し考えてから、石上さんが口を開く。

「う～ん……」

「どんな学生だったんです？」

「そうよ」


「みんなといるときに、電車を停《と》めたことがあったわ」

ボソッと、石上さんが言った。

「踏切《ふみきり》のところに、非常ボタンがついてるでしょ。あれを、押しちゃったのよ」

「押さないと、事故が起こりそうだったんですか？」

「違うわ。なんの異常もないのに、彼は非常ボタンを押したのよ。みんながビックリして、『なんで押したんだよ！』って訊いたら、彼はなんて言ったと思う？」

……想像もできない。

「『絶対に、押したらいけないと思ったら、押してしまってた』――そう言ったの」

答えを聞いても、わたしは理解できない。

「押したらダメだってわかってるのに、押したんですか？」

石上さんが、うなずく。

「あるときは、顔を腫《は》らして右手を吊ってたの。ひどい怪我なので理由を訊いたら、自転車で転《こ》けたって——。運動神経は悪くない人だから、おかしいなと思ってさらに訊いたら、『自転車に乗りながら、目を閉じた』って言ったわ」

「…………」

聞いていて、わたしには理解できない。

石上さんが説明する。

「彼は、〝してはいけないと思えば思うほど、やってしまう〟人なのよ。心療内科にも行ったりしたんだけど、治らなかったわ」

わたしは、考える。

例えば、ビルの屋上から下を見たとき、「ここから跳んだら……」と想像する。大きなガラスを前に、「石をぶつけたら……」と想像する。

しかし、想像するだけだ。実際にやったりはしない。

それを、登呂井隻はやってしまうんだ。

「その割に、妙に律儀なところがあってね。車が全然通っていない細い道で、歩行者信号が赤の時、森永さんはどうする？」

「車が来てないんですよね？ 当然、渡っちゃいます」

「登呂井は、絶対に渡らないの。友だちと歩いてて、みんなが平気で渡っていっても、登呂井だけは立ち止まった。そのくせ、制限速度なんかは、最初から守る気がない人」

「………」

「彼は、小心者なのに、妙に大胆なところというか、行動力があるのよ。だから、周りの友だちは苦労したわ。わたしの親友と付き合ってたんだけど、彼女はいつも冷や冷やしてた」

石上さんが、遠い目をする。

「あの頃は、三人で、よく飲んだわ。親友と登呂井隻は、文芸サークルで知り合ったの。親友も小説を書いてたんだけど、やっぱり登呂井隻の才能には敵《かな》わなかったわ」

おお、なんだか恋バナの雰囲気。

そういえば、石上さんは独身という話だ。三角関係とか、ワクワクする過去があったのだろうか……?

引き続き話を聞こうと、わたしは口を開く。

「今、親友の方は、どうしてるんです?」

すると、石上さんから笑顔が消えた。

「卒業間際に亡くなったわ。飲酒運転の車にはねられてね……。二人は、卒業したら結婚するんだって、よく話してたのにね」

そうだったのか……。

「すみません」

頭を下げるわたしに、石上さんは黙って首を横に振った。湯飲みに残っていたウイスキーを飲み干し、立ち上がる。

「飲み過ぎて、つまらない昔話をしちゃったわ。お先に休ませてもらうけど、森永さんも、あまり深酒しないようにね。明日は、大事な初日よ」

「了解しました」

わたしは敬礼を返す。

さて――。

辺りを見回すと、北野さんが酔いつぶれている。富田林先輩は手塚さんの部屋に放り込んだし、石上さんと橋川さんは、すでに引き上げた。

残ってるのは、手塚さんとQちゃんに永恋ちゃん、それにわたしの四人だけだ。

手塚さんは、さっきから誰にともなく演説している。

「つまり、最も理想的で完成形に近いミステリーの舞台は、クローズドサークルだといえる。嵐《あらし》の山荘に絶海の孤島――限定された登場人物の中に、犯人と探偵がいる。わくわくするじゃないか！」

少年のように、目をキラキラさせて話す手塚さん。いや、酔いが回って、目が潤《うる》んでるだけなのか？

「なぜ、青春ミステリーが、いつの時代も愛されるのか？　それは『学校』や『教室』、あるいは『学生の交友関係』という、広義でクローズドサークルといえる状況で事件が起きるからだ」

熱弁をふるいまくる手塚さんに、Qちゃんと永恋ちゃんが熱い視線を送っている。未成年の永恋ちゃんは、ソフトドリンクを飲んでるんだけど、なんだか眠そうだ。

「故《ゆえ》に、全ての登場人物が揃《そろ》ったら、その空間は閉ざされなければならない。おれは、不特定多数の人間が出入り自由などという混沌《こんとん》とした空間で起こる事件が書かれた作品を、絶対に認めない！」

Qちゃんと永恋ちゃんが、パチパチと拍手する。

「わかったか、森永！」

突然、手塚さんがわたしを指さす。

いや、そんなこと急に言われても……。

こんなややこしい酔っ払いは、酔いつぶすに限る。わたしは、敬礼して言う。

「森永、確かに理解しました。というわけで、飲んでください」

手塚さんのグラスにウイスキーをダボダボ注ぐ。

Qちゃんが、手を挙げて質問する。

「今、閉ざされた空間と言いましたが、この地球は閉ざされた空間と言えませんか？　犯人は、宇宙船にでも乗らない限り、地球から脱出できません。つまり、犯人は、必ず地球上にいると言えます」

……駄目だ、Qちゃんも、かなり酔ってる。

「なかなか、おもしろい意見だ！　しかし、それではミステリーではなく、ファンタジーになってしまう」

困った感じで、手塚さんが答えた。

今度は、永恋ちゃんが訊く。

「幽霊というのは、犯人の候補にならないんですか？　地縛霊だったら、その場所から動くことができません。ある意味、閉ざされた空間にいる存在といえませんか？」

「う〜ん……」

手塚さんが、頭を掻く。

「それだと、ミステリーではなくホラーですね」

女性二人から質問され、まんざらでもない感じの手塚さん。

「現在の状況を考えてみよう」

少し、手塚さんの口調が変わった。一気に酔いが覚めたのか、目に知性の輝きが戻ってる。

「今、この村にリーディングの関係者が集まっている。生者か死者かわからないが、登呂井隻の影まである。ただ、これだけじゃ駄目なんだ」

手塚さんが拳を握りしめる。

「クローズドサークルになっていない。今、事件が起きても、わくわくしない！」

わたしは、口を挟む。

「でも、現実空間は、そんなに都合よく閉ざされてくれませんよ。都合よく嵐は来ないし、道は崩れないし、みんな絶海の孤島に行ったりしません。それが現実です！」

ビシッと手塚さんを指さす。

「現に、水分村への唯一の道である吊り橋は、落ちる気配がありません。嵐も来てません。クローズドサークルはあきらめてください」

すると、手塚さんはフフフと笑う。

「登場人物が全員揃った。この状況で、村に通じる吊り橋は落ちないといけない。落ちなければ嘘だ。もしくは、暴風雨で交通が遮断される。――これが、お約束だ！」

窓から夜空を見る。星が輝き、月が明るい。嵐が来る気配はない。

吹き込んでくる風が、とてもさわやかだ。仕事がなければ、リゾートに来てる気分。

「どう考えても、クローズドサークルにはなりませんね」

わたしが言うと、手塚さんは涙目になった。

「……そんな悲しい状況、おれには耐えられん。おれは泣くぞ」

「あ〜、森永さんが手塚さんを泣かした！」

Qちゃんが、わたしを糾弾《きゅうだん》する。

いや……わたしが悪いのか？　吊り橋が落ちないぐらいで泣くのは、手塚さんの精神が弱いからじゃないのか。

「話題を変えませんか。わたし、本をあまり読まないので、ミステリーの話は難しくて……」

永恋ちゃんの提案。

「本を読まないなんて、わたしと同類ね。うれしい！」

わたしが親愛の情を示そうとすると、手塚さんが止める。

「人の話は正確に聞け。彼女は、〝あまり読まない〟と言ったんだ。森永は、〝全然読まない〟だろ！」

全く、細かいことに拘る男だ。

「でも、話題って、どんなのがあります？」

Qちゃんの言葉に、わたしはメンバーを見る。このメンバーが、興味を持つような話題……。駄目だ、思いつかない。

「やっぱり、恋バナでしょうか？」

Qちゃんが、恐る恐る言った。

おお、恋バナがあったか！

しかし——。

手塚さんは、その手の話は一切ない男。永恋ちゃんは、アイドル見習いという立場上、恋愛は御法度《ごはっと》。

わたし？　わたしは、いろいろありすぎて話しきれない。

結局、Qちゃんの学生時代からの彼氏の話を聞くことになった。かなり歳上で、真面目なサラリーマン。でも、文学への夢を捨てきれないという、少年の感性を持った彼氏。

「わたしの方が、先に夢を見られなくなったんです。いつまでも夢を追う彼に、ついていけなくなったというか……」

頬を赤らめて話すQちゃん。

わたしは、酔いが回ってきたのか、だんだんQちゃんの声が遠くなっていくような気がした。

——これぐらいの酒で酔うなんて、わたしも歳かな……。

見ると、永恋ちゃんも手塚さんも、こっくりこっくりしている。

——みんな、疲れてるんだな。

そんなことを思ってるうちに、いつしか眠ってしまった。

さて——。

この歳まで生きてきて、わかったことがある。

それは、世界を支配しているのは、〝お約束〟だということである。

神の意思も、不確定性原理も関係ない。

バナナの皮が落ちていたら滑《すべ》って転ばないといけないし、トーストをくわえた女の子とはぶつからないといけない。

それこそが、お約束！

誰も、お約束の支配から逃げることはできない！

早朝、古アパートに転がり込んできた橋川さんから、吊り橋が壊れてると知らされた。

二日酔いの頭を抱えて現場に行ってみると、崖の上から転がった大岩が、吊り橋を見事に破壊していた。

吊り橋を監視していたカメラの映像をチェックすると、崖の上から転がった大岩が、ボウリングのピンをなぎ倒すみたいに、吊り橋を直撃するのが映っていた。

「犯人は、落石ですね」

わたしは、手塚さんに言った。

第四章

エディター、調査する

山の朝は、さわやかだ。

降り注ぐ太陽の光。小鳥のさえずり。ときどき、キジの甲高《かんだか》い鳴き声が混じる。

でも、石上さんは頭を抱えている。目の前の吊り橋が、崖崩れによる落石で遮断されているからだ。

今、水分村にいる人間は、吊り橋のところに全員集まっている。いや、登呂井隻は集まってないが……。

「この間からの大雨で、地盤が緩んでたんだろう。しかし、まさか吊り橋がやられるとはな」

橋川さんが、信じられないという目で吊り橋を見ている。

「重機を使って、土砂を退《ど》ければ通行できませんか？」

「無理だな。大岩で、吊り橋の路面部分が崩れている。土砂を取り除いても、通れん」

石上さんの質問に、首を横に振った。

わたしは、スマホを出し平井課長に電話する。

「こんなに朝早くから、どうかしたのかね？」

課長の声は、明らかに警戒している。

「吊り橋の路面部分が落ちました。YP38は孤立してます」

「よし、クローズドサークルの完成だな。よくやった。国交省の方には、こちらから手を回しておく」

「………」

平井課長、わたしが吊り橋を壊したと思っている。

「最初に言っておきますが、わたしが壊したわけじゃありません。犯人は、落石です。自然災害じゃないでしょうか」

この報告に、「チッ!」っと舌打ちする音が聞こえた。

「まぁ、誰が壊したにせよ、クローズドサークルが完成したのはめでたいな。ここから、連続殺人事件が起こるだろうが、頑張るんだぞ」

わたしは、報告する相手を間違ってるのではないかと思った。

「連続殺人事件より、リーディングの心配をしてください」

「心配? そんなもの、する必要ない。いかなる事態が起きても、リーディングは最優先されなければならない。クローズドサークルになったぐらいで、リーディングを中止するわけにはいかない」

課長の話を聞きながら、自分の常識が破壊されないように気をつける。

「〝いかなる事態〟には、人命に関わるケースも含まれるんですか？」

「その点は、現場の判断に任せる」

こういう質問に、以前は、人命よりもリーディングを優先するように指示が出ていた。しかし、最近はブラック企業が問題になっている。

はっきり指示を出すと、後々、問題になる場合がある。だから、課長は「任せる」と答えたのだ。もちろん、この言葉の裏には「言わなくてもわかってるだろ」という意味が含まれている。

わたしは、裁判沙汰《ざた》になったとき用に録《と》っていた通話の録音をやめる。

平井課長が、言う。

「L1課とヘルパー隊には、こちらから連絡をしておく。森永君たちは、なんの心配もせずに、リーディングを進めてくれたまえ」

ヘルパー隊は、ディリュージョン社の特殊部隊。「拳銃《けんじゅう》は最後の武器だ」を信条に、どのようなことが起きても、リーディングを中止させないように暗躍する。

「ヘルパー隊でもなんとかできないような事態が起きたら、どうするんですか？」

『あなたと二人組』は呪われているという言葉が、頭の中に浮かぶ。ヘルパー隊でも対処できないとしたら……。

わたしは、課長の返事を待つ。

しばらくして聞こえたのは、

「Ｇｏｏｄ Ｌｕｃｋ！」

とても流暢《りゅうちょう》な発音だった。

電話を切ろうとする課長に、わたしは慌てた。

「待ってください！　警察や消防にも、連絡を頼みます」

「ああ……。もちろんだよ」

「忘れないでくださいよ！」

電話は切れた。

「平井課長、なんて言ってた？」

手塚さんが訊いてきた。

「はっきりは言いませんでしたが、何が何でもリーディングは続けろって言いたいみたいですね」

わたしやＱちゃんには驚きの判断だが、手塚さんや石上さんたちは当然だと思ってるようだ。『社畜《しゃちく》』という言葉が、頭の中を駆け巡る。

石上さんが、わたしとＱちゃんに言う。

「安心して。確かにリーディングは優先されなければいけない。でも、わたしは命の方が大事だと思ってるからね」

冷静に考えたら、普通の台詞なんだけど、あとでQちゃんと「出世したら、石上さんみたいな上司になろうね」と話をした。

「さぁ、YP38に戻って、リーディングを始めましょう。早起きしたおかげで、余裕を持って始められるわ」

石上さんが、みんなを見回して言った。

しかし――。


気づいたのは、YP38に入って、商店街の中を少し歩いたときだった。

風で飛ばされた紙が、わたしの足に張り付く。

「貼り紙が風で飛ばされるなんて……。匠班にしては、雑な仕事をしてますね」

拾い上げて紙を見たわたしは、どういう反応をしていいのか困る。

「どうした?」

手塚さんが、横から手を伸ばし、紙を取る。

「………」

手塚さんも、固まってしまった。

「なんなんや、おまえらは」

今度は、富田林先輩が紙を見る。そして、本場仕込みの関西弁で言った。

「なんじゃ、こりゃ?」

紙には、

村から出て行け

と、毛筆で書かれていた。

紙を見て驚くわたしたちを、北野さんがハンディカメラで撮影している。

「なんなんでしょうか、これ?」

Qちゃんが、気味の悪そうな声で言う。

「文字通り読むと、わたしたちに村から出て行けと言っている。脅迫文ね」

感情のこもらない声で、石上さんが言った。

「あの……あそこにも」

永恋ちゃんが、少し先の時計店を指さす。シャッターが下りているんだけど、そのシャッターに、同じ紙が貼られている。

よく見ると、その隣の店のウインドウにも——。

「………」

誰が言うでもなく、わたしたちは商店街の中に貼られた紙を探す。商店街を探した後は、ＹＰ３８全体――。

そして、わたしと橋川さんは、山の中も探す。

二時間ほどかかって、みんなが集めた紙は五十枚。ほとんどがＹＰ３８の中に貼られていて、山の木や岩に貼ってあったのは五枚だけだった。

わたしたちは、昨日宴会をした古アパートの五号室に集まった。

集めた紙を中心に、車座になる。

「紙は、Ａ４のコピー用紙。文字は毛筆体ですが、筆で書かれたものではありませんね。毛筆ソフトで書いたものを、プリンターで印刷してます」

手塚さんが言った。

「プリンターを使えば、五十枚用意するのも楽勝ですね」

わたしが言うと、手塚さんが「他に言うことはないのか？」という目で見てくる。

「よく考えろよ。この紙を用意したのは、パソコンやプリンターが使える奴だということだ」

「そんなの、見たらわかりますよ。でも、この現代社会、よっぽどの機械音痴でもない限り、これぐらいのことはできますよ」

「いくらパソコンが普及した現代でも、幽霊には使えないだろ」

手塚さんがビシッと言った。

ハンディカメラを持った北野さんが、口を挟む。

「紙を用意したのは、登呂井隻と考えてるんですね?」

「そう考えるのが、一番自然だと思います」

「じゃあ……やっぱり登呂井隻は生きてるんですね」

Qちゃんが言った。五号室にいる人の中で、彼女が一番怯えている。

わたしは、指をチッチッチと振った。

「それはわからないわ。登呂井隻は、石上さんのスマホに、着信履歴を残さないで電話を掛けられるのよ。そんなの、生きてる人間には無理でしょ。つまり、登呂井隻は死んでいて、不可能はなくなったの。つまり、コンピュータなんか軽々と使いこなせちゃってる可能性もあるわけよ」

どうだ! って感じでQちゃんを見る。

すると、Qちゃんは、置かれた紙が飛んでしまうほどの大きな溜め息をついて、言った。

「論理的に破綻してると思いませんか?」

えっ、そうなの?

ずっと考えていた石上さんが、口を開く。

「和ちゃんと森永さん、カメラの映像をチェックしてきてくれないかしら」

そうか！　映像を調べたら、紙を貼るところが映ってるかもしれない。

わたしと手塚さんは、六号室へ行き、映像をチェックする。

結果としてわかったのは、映ってたのは、シカやイノシシなどの獣だけ。

紙を貼ってる人物は、映っていなかった。というか、全ての紙は、カメラの死角になる位置に貼られていた。

「これは、どういうことでしょうか？」

わたしは、手塚さんに訊いた。

「簡単なことだ。紙を貼ったのは、カメラの位置を知ってる奴ということになる」

しばらく考えて、もう一度、訊く。

「登呂井隻って、カメラの位置を知ってますかね？」

「……知らないだろうな」

「知らない人間が、カメラに写らないように、五十枚の紙を貼ることは可能でしょうか？」

これへの答えには、少し時間がかかった。

「無理だろうな」

「カメラの位置を知ってるのは？」

手塚さんが、わたしと自分を指さす。

「あと、富田林さんにも途中で手伝ってもらったから、知ってるな。北野さんと粟井さんは、知らないだろうな。石上さんには、設置した後にカメラの位置を記した地図を渡してあるから、知っている。九さんは、その地図を見たら知ってる可能性がある」

「Qちゃんは、無理ですよ。知ってたとしても、夜中に紙を貼るなんて、怖くてできないでしょ」

わたしの意見に、手塚さんはうなずく。

「橋川さんは、どうかな？」

「山に仕掛けてあるぶんは、知ってると思います。毎日、山を歩いてる人間は、監視カメラが仕掛けられてたら、すぐに気づきます。でも、ＹＰ３８の中のカメラは、わからないでしょうね」

手塚さんに訊かれて、わたしは答えた。

五号室に戻り、わかったことを石上さんに報告する。

「そうですか――」

石上さんが、みんなを見回す。

登呂井隻に紙を貼るのは無理。つまり、紙を貼った人間は、この中にいる。――石上さんの目が、そう言っている。

「紙を貼った人間が誰か？　なんの目的で貼ったのか？　――それらがわかるまで、リーディングは中止します」

みんなを前に、宣言した。

そして、北野さんの方へ体を向けると、畳に両手をついた。

「誠に申し訳ありません。このような状況でリーディングを進めるわけにはまいりません。リーディングの開始を延期させてください」

北野さんが、持っていたハンディカメラを置く。そして、笑顔で手を振った。

「いやいや、気にしないでください。元々、リーディングよりも、超常現象が起こることを期待してたんです。そういう意味では、この状況は、予想以上に楽しいです」

頭を上げた石上さんは、正面から北野さんを見て言う。

「一刻も早くリーディングが始められるように、スタッフ一同全力を尽くします。しかし、リーディング開始予定時刻より七十二時間が経過してもリーディングが行えない場合、違約金を払わせていただきます」

つまり、七十二時間のうちに、安心してリーディングができる環境を作らなくてはいけないということだ。

次に、石上さんは、永恋ちゃんにも頭を下げる。

「すみません。粟井さんも、せっかくのチャンスだったのに——」

「いえ……。わたしは、ここへ来るのは運命のような気がしてましたから」

永恋ちゃんが、微笑む。

北野さんが、ハンディカメラを持った。

「本当に気にしないでくださいよ。今の状況を撮らせていただくだけでも、わたしには役に立つのですから」

いくら顧客《リーダー》が気にするなと言っても、わたしたちスタッフは、それに甘えることはできない。

なんとしても、リーディングを開始できるようにするんだ！

とは思ったものの……。

いったい、何をすればいいのか？

石上さんは、会社に現状の報告をし、上層部からの指示を聞いているみたい。

北野さんは、リーディングが行われないことを、少しも哀しんでない。みんなが右往左往してる様子を、ハンディカメラで撮影している。

Qちゃんは、永恋ちゃんのそばについている。永恋ちゃんは平気だと言うんだけど、やっぱり顔色が良くない。

橋川さんは、わたしたちのドタバタに関係ないという顔をしている。そして、山に入ると、重機を動かし始めた。

残るのは、わたしに手塚さん、富田林先輩の三人だ。つまり、事態解決に動けるのは、この三人だけということになる。

「で、どうします?」

わたしは、手塚さんと富田林先輩に訊いた。

「おれは、パスしとくわ」

富田林先輩が、右手をヒラヒラ振る。

「この村に来てから、なんや体の調子が良うないんや。悪いけど、部屋で休んどくわ。それに、おまえら二人の方が、おれより推理力もあるし何より若い。ここは、おれがおっても足手まといや。——手塚、部屋を借りるで」

そう言うと、古アパートの三号室に入っていった。

残された手塚さんが、わたしを見る。

「取りあえず、登呂井隻を捜すぞ」

六号室で、監視カメラの映像をチェック。どの映像にも、登呂井隻はおろか綿菓子のようなものも映っていなかった。

「昨夜は、動かなかったようだな」

となると、どこかに潜んでるということになる。

わたしたちは、YP38の中を捜すことにした。

YP38に作られた住宅や商店街。基本的に鍵は掛けられてないので、一軒一軒、のぞいていく。

それにしても、人がいない街が、こんなにも静かなことに驚く。

本当なら、買い物客が歩いてる商店街にも、誰もいない。住宅街にも、洗濯物を干したり犬の散歩をしている人はいない。

橋川さんが動かす重機の音や鳥の声が聞こえなかったら、耳鳴りがしそうなぐらい、静か。

わたしは、先を歩く手塚さんに言う。

「まるで、人類が絶滅した世界に、わたしたち二人だけが生き残ったみたいですね。わたしたち、新世界のアダムとイブですね」

わたしの言葉に、手塚さんが足を止める。

笑顔で振り向き、優しい口調で言った。

「命が惜しかったら、二度と、そのような戯《ざ》れ言《ごと》は言わないようにしようね」

手塚さん、笑顔なのに目が笑ってない。殺人者の目をしている。

わたしは、ガクガクとうなずく。

それからしばらくは、何も言わずに建物を調べる。どこにも、登呂井隻が潜んでいる痕《こん》跡《せき》はない。

「カメラの件から、脅迫文を貼った犯人は、登呂井隻じゃないんですよね？」

「ああ、そうなる」

「じゃあ、誰なんでしょう？」

「………」

手塚さんは答えない。

可能性としては、カメラの位置を知っている人物——すなわちスタッフの中に犯人がいることになる。そんなことを、口にしたくないのだろう。

「でも、勝手なもんですね」

わたしは呟く。

「何がだ？」

手塚さんが訊いてくる。

「だって、吊り橋を破壊したくせに、『村から出て行け』という貼り紙をするなんて、勝手ですよ。出て行こうにも、出て行けないんですから」

「………」

数歩歩いたところで、手塚さんの足が止まった。

そして、振り向いて言う。

「森永は、ときどき鋭いな」

おお、手塚さんに褒められた。思い出せないけど、今まで褒めてもらったことあったかな……。

『鋭いなと褒めてもらえたから、今日は手塚記念日』――あまりの感動に、どこかで聞いたような短歌まで作ってしまった。

「で、そのことを、森永はどう思うんだ？」

手塚さんに訊かれ、考える。

――ここで何か賢いことを答えたら、また褒めてもらえる。

その結果、出した答えは、

「ただの意地悪じゃないですか？」

「…………」

手塚さんの目が、残念な子供を見る目になった。

そして、溜め息をついてから言った。

「もし、吊り橋が人為的に壊されたのなら、吊り橋を壊した人間と脅迫文を貼った犯人は、別人物ということだ」

……つまり、相手しなければいけない敵は、一人じゃない可能性があるってことだ。

　わたしの口からも、溜め息が漏れた。

　ＹＰ３８を調べ終わって、山に入る。

　歩きながら、石上さんから聞いた登呂井隻の話を、手塚さんに聞かせる。

「石上さん、手塚さんのことを、ずいぶん褒めてましたよ。本当に才能あるのは、手塚さんと登呂井隻だって」

　照れるかと思ったら、手塚さんは腕を組んで考える。

「どうしたんです？　褒められたのに、うれしくないんですか？」

　わたしは、手塚さんの顔を覗き込んだ。

「石上さんは、登呂井隻に才能があるって、本当に言ったのか？」

「はい。……ちょっと、言い淀《よど》む感じはありましたけど」

　わたしは、石上さんの言い方に引っかかる感じがあったことを思い出した。

「客観的に言うぞ」

　そう前置きして、手塚さんが話し始める。

「確かに、登呂井隻の文章力はなかなかのレベルだ。しかし、トリックやストーリー構成は、今ひとつ。腕のいい料理人が、粗悪な素材で作った料理――これが、登呂井隻の作品だ」

言葉になっていないところを補足すると、「おれの書くものは、トリックやストーリー構成も、おもしろい」と言っている。

「今回、『あなたと二人組』を読んでみた。『あなたと二人組』は恋愛小説で、トリックは必要ない。だからなのか、純粋におもしろいと思ったよ。おれがL1課にいた頃に書いたものに匹敵《ひってき》する」

またまた補足すると「トリックを必要としない登呂井隻の作品は、おれのレベルに達している」と言っている。

「登呂井隻のミステリーには、才能を感じなかったんだけどな」

ここまで聞いて、わたしは理解できた。

「つまり手塚さんとしては、石上さんが自分以外のライターを認めたことが、おもしろくないんですね？」

すると、手塚さんが、わたしの両頰をウミョ〜ンと引っ張る。

「おれは、そこまで子供《ガキ》じゃない！」

——いや、気に障《さわ》ることを言われて女の子の頰を引っ張る奴は、どう考えても子供《ガキ》だぞ。

パワハラについて諭《さと》してやろうかと思ったが、さらに痛い目に遭いそうなのでやめた。

今までとは違うルートで歩いていたら、フェンスにぶち当たった。

三メートル間隔で立ってる鉄柱の間に、高さ二メートル半ぐらいの金網が張られている。金網の上には忍び返しがついていて、乗り越えることができない。

そんなフェンスが、かなりの長さで続いている。

「なんで、こんなもんがあるんだ？　フェンスの向こうに重要施設なんかないし、泥棒だって来ないだろ」

手塚さんが、首を捻る。

わたしは、溜め息をつく。

「重要施設はなくても、この向こうには、村人には大切な畑や田んぼがあったんですよ。作物をシカやサルに荒らされないよう、フェンスを張ったんでしょう」

「しかし、人間もフェンスの向こうに行けないじゃないか」

わたしに文句を言われても困る。

「フェンス沿いに歩いたら、どこかに切れ目があると思いますよ。それに、かなり昔に作られたフェンスですから、金網に穴が開いてるところがあるかもしれません」

手塚さんを促《うなが》し、フェンス沿いに移動する。

錆《さ》びてはいるが、金網に穴はない。五十メートルほど進むと、そこでフェンスが終わり、代わりに防獣用の網が張られているんだけど、長い年月でボロボロになっている。

網に絡まないようにして先に進む。

数軒の廃屋と草に覆われた畑を過ぎると、切り立った岩山に挟まれた細い道に出る。そこに祠《ほこら》があった。

わたしと手塚さんは、揃って手を合わせる。

「意外ですね。手塚さんが祠に手を合わせるなんて」

「都会にいると思わないんだけどな……。山の中にいるせいか、拝みたくなった。森永こそ、神も仏も信じてないような性格してるのに、ちゃんと手を合わせるんだな」

「宗教は信じてませんけどね――。山には、山の神様がいるような気がするんです。だから、手を合わせて、挨拶しておかなきゃいけないと思うんです。手塚さんだって、無断で家の中に入ってこられたら腹が立つでしょ。山の神様も、同じですよ」

「森永が言うと、説得力があるな」

祠を過ぎると、重機の音が大きくなった。木々の間から、ブルドーザーに乗った橋川さんが見える。

わたしと手塚さんは、運転席から見える位置に移動し、手を振った。

気づいた橋川さんが、エンジンを止める。もう、いきなり猟銃を向けてきたりしない。

野生動物が、少しずつ懐いてきたような感じがする。

わたしは、登呂井隻を見かけてないか、橋川さんに訊いた。

「今日は見てないな。見つけたら、捕まえたらいいのか？」

橋川さんの手が、猟銃に伸びる。

人に向けて平気で発砲できる橋川さん。こんな人に、銃の所持許可や狩猟免許を与えていていいのだろうか？

「捕まえてはほしいですが、殺したり怪我させたりしないでくださいね」

「だったら、トラバサミでも仕掛けとこうか？」

物騒《ぶっそう》なことを言う。

「絶対にやめてくださいよ。だいたい、トラバサミの使用は禁止されています」

わたしは、橋川さんに釘を刺す。

隣では、手塚さんが「トラバサミってなんだ？」って顔をしているが、説明するのが面倒なので放っておく。

「ひょっとすると、湧き水で足を滑らせ、沢に落ちてるかもしれんな。見つけたら、拾っておくよ」

橋川さんにとって、登呂井隻はシカやイノシシと同じようなものかもしれない。

手塚さんが、口を挟む。

「この村は、湧き水が多いんですか？」

「ああ、至る所で水が湧いてる。中でも、この先にある湧き水が、一番水量が多いんだ」

橋川さんが、ブルドーザーの先を指さす。そして、エンジンを掛ける。

それを合図に、わたしと手塚さんは橋川さんと別れた。


収穫のないまま、古アパートに戻る。

五号室で、石上さんとQちゃんと合流して、成果がなかったことを報告する。

石上さんからは、仮の橋をかけるのに日数がかかると連絡があったことを教えてもらった。

「食料もあるし、いざとなったらヘルパー隊のヘリコプターも飛んでくるから心配ないわ。心配なのは――」

石上さんが、言葉を切った。

登呂井隻の存在だけではない。脅迫文を貼った犯人が、我々スタッフの中にいる可能性があるのだ。

「大丈夫です！」

わたしは、石上さんに言う。

「祠に、リーディングがうまくいくように、お祈りしました。この山の神様は、きっと願いを聞いてくれます」

「なんの根拠もないけど、森永さんが言うと、説得力あるわね」

微笑む石上さん。

「顧客《リーダー》は、どうしてます?」

手塚さんが訊いた。

「栗井さんの具合が良くなってきたので、北野さんが撮影を始めたんです。今回の『やばいよやばいよ』は、栗井さんの神秘的な雰囲気を前面に押し出した、イメージビデオのようになりそうですね」

答えたのは、Qちゃんだ。

わたしを見る彼女の目が、何となくキツく感じるのは、わたしが手塚さんと一緒に行動しているからだろうか。愛のキューピッドとしては、なんとかチャンスを作ってあげないと……。

「あれ? 富田林先輩は? まだ、三号室に引きこもってるの?」

室内に、先輩の姿は見えない。

「さっき見てきましたが、お布団被って寝てました」

Qちゃんが答えると同時に、ドアが開いた。

「まぁ、大丈夫や。昨夜《ゆうべ》の酒が、残ってたんかなぁ……。ちょっと寝たら、すっきりしたわ」

頭を掻き掻き、部屋に入ってきた富田林先輩は、わたしたちから現状報告を聞く。

「行き詰まってんな。八方塞《はっぽうふさ》がりって感じや。現状打破するには、なんか派手な手ぇ打つ必要があるな」

「会社からの話では、サダムに動きはないようです」

石上さんが言った。

「あいつらを甘《あも》う見ん方がええで。サダムの元スパイのおれが言うんやから、間違いない」

胸を張る富田林先輩。いや、そんなに得意げに言うことでもないと思うんだけど……。

そこから、石上さんと富田林先輩、手塚さんの三人は、対応策を相談し始める。

わたしとQちゃんは、邪魔にならないように、部屋の隅に移動。いや、別に移動しなくてもいいのかもしれないが、わたしもQちゃんも、足手まといになることはわかっている。

でも、いつかこういう場面で、率先してみんなをまとめられるような仕事人になるんだ。——そういう決意を持って、部屋の隅で、膝を抱える。

隣を見ると、Qちゃんも同じ姿勢で、対応策を相談している三人を見ている。いや、視線の先は主に手塚さんに向いている。

「格好いいね、手塚さん」

それとなく、水を向ける。

「はい」

実に、素直な返事。何とかしてあげたいという気持ちが、強くなる。

――これが、学生時代なら、いろんな手があるんだけどな。例えば、これがサークルの合宿だとしたら……。

わたしは、妄想する。

――サークルは、やっぱり文芸サークルだろうな。石上さんが部長で、手塚さんが副部長。富田林先輩は、留年ばかりで卒業できない大先輩、もしくは社会人のくせにイベントになると顔を出すＯＢ。

頭の中で、三人が一気に若返る。

――Ｑちゃんは、マスコット的存在の一年生。わたしは、本を読まないくせに入部しちゃった一年生ってところね。

この間まで学生だったわたしたちは、そんなに若返らせる必要なし。

――今、石上部長たちは、夜に行う肝試しの打ち合わせを相談している。Ｑちゃんは、手塚副部長とペアになれるように祈って見ている。そんなところね。

うん、Ｑちゃんと手塚さんを急接近させるのに、肝試しって最高のイベントじゃないの！

そう思ったわたしは、Ｑちゃんに向かって口走っていた。

「肝試し、うまくいくといいね」

Qちゃんが、「えっ?」という顔をする。そりゃ、突然肝試しなんて言われたら、なんのことかわからないわよね。

「森永、今、『肝試し』て言うたか?」

富田林先輩が、わたしを見る。

「すみません、妄想がダダ漏れしてしまいました。対応策を練ってる先輩たちを前に、決して遊び事を考えていたわけではありません」

わたしは、素直に頭を下げる。

「いや、怒っとるわけやない。……そうか、肝試しか」

なにやら考え込む富田林先輩。

「これ、いけるんやないか?」

石上さんと手塚さんに訊いた。二人は、考え込む。

わたしは、何が何だかわからない。

手塚さんが、説明してくれる。

「何も手を打たなかったら、リーディングができないまま時間だけが過ぎていく。かといって、リーディングを強行して人的被害が出た場合、違約金だけではすまない。ディリュージョン社は、安全で快適なリーディングを売りにしている。その信用が、地に落ちる」

「…………」

「登呂井隻を捜しても見つからない。このまま、相手が手を出してこなかったら、八方塞がりだ。そこで、あえて相手に手を出させようと考えたんだ。しかし、なにをすればいいのかアイデアが出てこなかった。そんなとき――」

「〝肝試し〟という声が聞こえたわけですね？」

わたしの言葉に、手塚さんがうなずく。

「肝試しをやって、隙を見せる。相手が何か仕掛けてきたところを、捕まえる。これで、リーディングを無事に始めることができる」

「ちょっと待ってください。それって、かなり危険な方法なんじゃないですか？」

「状況を打破するには、仕方ないだろ」

ケロッとした顔で、手塚さんが言った。

わたしは、石上さんを見る。こんな無茶な提案、石上さんなら却下《きやっか》するはずだ。

「リーディング前の事故なら、違約金は発生しないわね」

石上さんの呟きに、わたしはゾッとする。命の大切さは、どこに……？

「火中の栗《くり》を拾うってやつや」

うんうんとうなずく富田林先輩。

「いや……。どうして、わざわざ火の中に栗を入れるんです？　茹《ゆ》でればいいじゃないですか！　焼かなくても、栗は、おいしく食べられるんですよ」
わたしの言葉は、社畜どもによって無視された。

第五章

エディター、肝試しに興じる

午後から、急遽《きゅうきょ》決まった肝試しの準備。

わたしと手塚さん、富田林先輩は、ＹＰ３８の端に建てられた倉庫へ向かう。肝試しに使う衣装や道具を出すためだ。

わたしは、独《ひと》り言《ごと》のように呟く。

「本当に、肝試しなんかやっていいんですかね……」

「なんや、やりたい言うたんは、森永やないか」

前を歩いていた富田林先輩が振り向く。

別にやりたいと言ったわけではないが、先輩に説明するのが面倒くさい。

「あれからいろいろ考えたんですが。肝試しは危険です。やめた方がいいような気がします」

「ほな、他にええ案、あるか？」

言われて考える。

「……盆踊りとか？」

「却下や」

富田林先輩が、「あかん」というように手を振った。

「あきらめろ、森永。おれたちには、危険を承知で隙を見せる方法しかないんだ」

手塚さんが、わたしの肩をポンと叩く。

わたしは、その手を払いのけ、溜め息と共に言う。

「わかりました。肝試しをやることに同意します。ただし、わたしを肝試しのリーダーに任命し、指示に従ってもらいます」

「ああ、ええで。石上女史にも言うといたるわ」

富田林先輩が、気楽な調子で言った。

慌てたのは、手塚さんだ。

「いいんですか、そんなに簡単にOKして？　こいつは、『炎の三日間』の森永なんですよ！　森永をリーダーにしたら、何が起こるかわかりません」

富田林先輩を止めようとする手塚さん。わたしは、その肩にポンと手を乗せる。

「何が起こるかわからない方が、好都合じゃないですか。あえて、火中の栗を拾うってやつですよ」

手塚さんが、わたしの手を乱暴に払いのける。

「火中の栗を拾うというより、溶鉱炉に飛び込むって感じがする……」

あきらめ声の手塚さん。

「他に言いたいことは、ないんか？」

富田林先輩に言われ、一番訊きたかった――でも、訊くのが怖かったことを口にする。

「手塚さんと富田林先輩は、脅迫文を貼ったのは誰だと思ってますか？」

「……」

思った通り、返事はない。

監視カメラに写ってなかったことから、脅迫文を貼った犯人は、カメラの位置を知っていた人間。そうなると、できたのはここにいる三人と怯えてるQちゃんをのぞけば、石上さんしかいなくなる。でも、二人が石上さんの名前を口にするはずはない。

「森永は、誰か心当たりあるんか？」

富田林先輩に訊かれ、わたしは答える。

「わかりません」

「わからないんじゃなく、考えたくないってのが本音じゃないのか？」

手塚さんの言葉に、わたしは何も言えなくなる。

富田林先輩が立ち止まる。

「手塚、ちょっと待てや。話がある」

真剣な声に、手塚さんが足を止める。

わたしも話を聞こうと歩くのをやめたら、

メタブックはイメージです
ディリュージョン社の提供でお送りします

「森永は、先に行っとってくれ。話が終わったら、すぐに追いつくで」

富田林先輩が、野良犬を追い払うように、シッシッと手を振った。

「え～、何でですか！」

不満を言うわたしに、先輩が真面目な顔で言う。

「おまえを、危険な目に遭わせたないんや。おれの気持ちもわかってくれ」

「……………」

わたしは、考える。

肝試しが危険なことを、富田林先輩はよくわかっている。だから、自分と手塚さんの二人で、その危険を引き受ける気なんだ。

そして、その相談を今からする。聞いてしまえば、わたしまで危険になる。だから、先に行けと言っている……。

「わかりました」

涙を見せないようにして、先輩に敬礼する。

富田林先輩が、ニッコリ笑う。

「心配せんでええで。すぐに追いついたるから」

フラグが立ちまくるような台詞の先輩に、

「ご武運を――」

わたしは、倉庫に向かって走り出す。

倉庫は、商店街の行き止まり——乾物屋の隣に、目立たないように建てられていた。正面の大きなシャッターを上げようとしたら、動かない。鍵がかかっている。

——そういえば、富田林先輩が鍵を持ってるって言ってた。

つまり、先輩が来るまで、わたしは何もできないということだ。

手持ち無沙汰《ぶさた》で十分ほど過ぎたとき、二人がやってきた。

「すまんな、森永。お待たせや」

鍵を出して、シャッターを開ける富田林先輩。

わたしたちは、中に入る。

入り口近くには、商店街用の飾り付けが並んでいる。『七夕《たなばた》セール』と書かれた看板の脇に、プラスチック製の竹と大玉、色とりどりの短冊。機織《はたお》りをする織姫と、牛をつれた彦星《ひこぼし》のパネル。その隣には、天女の羽衣《はごろも》のような、ふわふわした布。

「どうして、こんな飾りがあるんですか?」

わたしが訊くと、手塚さんが溜め息をつく。

「『あなたと二人組』の中に、七夕祭りをやってる商店街で、デートするシーンがあるんだ。——といっても、森永は読んでないから知らないよな」

藪をつついたら、蛇がウジャウジャ出てきたような気分だ。

わたしは、話題を逸《そ》らすために、富田林先輩に寄っていく。

「どんなものを探せばいいんですか？」

「肝試しやからな。驚かすんに、オバケがあったら一番ええんやけどな」

そんなものが置いてあったら、それこそ驚く。

「墓石なんかでもええで。あとは、破れた提灯《ちょうちん》とか、火の玉とか――」

富田林先輩の注文は、難しい。

「これなんかどうですか？」

わたしは、お地蔵さんを指さす。

「でも、運ぶのに重くてたいへんですね」

すると、富田林先輩が、指をチッチチと振った。

「持ってみい」

言われるまま、お地蔵さんの首を持って持ち上げる。

「あれ？」

拍子抜《ひょうしぬ》けするほど軽い。

「すごいやろ。炭素繊維強化樹脂で作った張りぼてを、本物そっくりになるように塗装してあるんや」

おお、よくわからないけど、すごいじゃないか！

「森永、これなんかどうだ？」

手塚さんが、わたしに着物を投げる。中国風の、ずいぶん派手な着物だ。

「これ、織姫の着物じゃないですか？」

「それを森永が着て、物陰《ものかげ》から『うらめしやぁ～』って現れるんだ。ものすごく怖いぞ」

あれ？いつのまにか、わたしが驚かし役をやることになってないか？

改めて、着物を見る。『うらめしやぁ～』というより、『お兄さん、ちょっと飲んでかない？』と言いたくなるような着物だ。

「幽霊に扮《ふん》するのなら、白い浴衣みたいなものの方がいいんですけど――」

「贅沢を言うな」

手塚さんが、ピシャリと言った。

――贅沢な注文なのか？

わたしは、倉庫の奥――ブルーシートに覆われた部分を見る。

「あそこには、何が置いてあるんです？」

「あれは、調達屋チームが運び込んだ北欧風の家具や。ＹＰ３８の雰囲気に合わへんもんで、片付けてあるんや」

確かに、富田林先輩の言うとおりだ。ＹＰ３８は、どちらかというと、昭和レトロの家具の方が似合う。

結局、使えそうなのは、お地蔵さんと織姫の着物、折り紙などで作った七夕の飾り、プラスチック製の竹ぐらいだった。

「この竹、どうやって使うんです？」

わたしは、富田林先輩に訊いた。

「幽霊って、こういう竹の下に、立ってるもんやろ」

「……竹じゃなくて、柳じゃないですか？」

「似たようなもんやろ」

「…………」

そんないい加減な感じでいいのだろうか？

驚かし役になった以上、早速準備をしないといけない。

古アパートに戻ったわたしは、コース図などを用意する。いろいろ考えているうちに、あっという間に時間が過ぎる。

でも、これ以上はないというぐらいの、準備ができた。

山の稜線《りょうせん》が、オレンジ色に輝く。この夕焼けの色だと、明日も、よく晴れそうだ。

古アパートの庭には、肝試しへの参加者が集まっている。

わたしは、彼らを前にして高らかに言う。

「よくぞ集まってくれた、我が精鋭たちよ！」

「…………」

反応は返ってこない。わたしとしては、「おー！」という勇《いさ》ましい声を聞きたかったんだけど。

「ニューヨークへ行きたいか⁉」

「…………」

やっぱり、反応は薄い。

仕方ない。ここは、事務的に進めよう。

「今回、肝試しのリーダーを務めさせていただきます、M0課の森永美月です。よろしくお願いします」

頭を下げると、Qちゃんだけが拍手してくれた。手塚さんは、そっぽ向いてあくびしている。

「肝試しは、二人一組で行います。誰と組むかは、後で発表します。コースは、アパートの前の坂を下りて、商店街へ入ります。商店街の奥にお地蔵さんが置いてあるので、そこのノートに名前を書いてきてください。途中、驚かし役がいろいろ仕掛けてきますが、気にしないでくださいね。ちなみに、驚かし役は、不肖 森永が担当します」

すでにわたしは、織姫の着物を着て、真っ赤な口紅で口が裂けたようなメイクをしている。わけのわからない不気味さだけはある。

フフフと笑ってやったら、みんながドン引きした。

「それでは、二人組を発表します」

ここで、少し間を置く。わたしの頭の中限定で、ドラムロールが鳴り響く。

「第一組は、石上さんと富田林先輩。二組目は、手塚さんとQちゃん。北野さんと永恋ちゃんについては、撮影しながら好きなタイミングで参加してください」

登呂井隻が襲ってくる可能性があるから、一人になるのは危険すぎる。それを二人組を作ることで回避。

もう一つの心配は、脅迫文を貼った犯人が、我々の中にいるということ……。書くのもイヤだけど、これが現実だ。

二人組を作ったのはいいけど、自分のパートナーが犯人だったら、何をされるかわからない。

現段階で一番信用していいのは、カメラの位置も知らずリーディングの妨害をする必要のない北野さんと永恋ちゃん。だから、二人に撮影してもらうことで、犯人の動きを牽制《けんせい》するという意味がある。

「なるほどな……。なかなか、考えてあるやんか」

わたしの意図がわかったのだろう。富田林先輩が、ニヤリと笑う。

フッフッフ……。実は、もっと考えてあるんですよ。

「森永、正直に答えろ。この組分けは、どうやってやった？」

手塚さんが訊いてくる。Qちゃんとのペアに、なんの不満があるというのだろう？

「もちろん、厳正な阿弥陀籤《あみだくじ》による結果です」

わたしは、目をそらさずに答える。

そりゃ、手塚さんとQちゃんがペアになるよう、何度も阿弥陀籤をやり直したけど、いちいち言う必要のないことだ。

手塚さんが、「こんな、独裁国家で行われた選挙みたいな結果が信じられるか！」という目で、わたしを見てくる。不満があるのなら、肝試しが終わったら聞いてやる。

とにかく、手塚さんには、Qちゃんを守らせないといけないと思っている。

「一応、コースを書いてきました」

わたしは三枚の紙を出し、それぞれの組に一枚ずつわたす。

「まずは、しっかり読んでください。読み終わったら回収します」

わたしは、回収した紙を丁寧に片付ける。

「今から、わたしは商店街で待機します。あと二十分で、日が暮れます。そうしたら一組目は出発してください。その後、二分したら二組目が出発してください」

「二分って……。そんなすぐだったら、一組目が歩いてるのが見えるじゃないか」

手塚さんが言うけど、それが狙いなんだよ。見えていたら、何かあったときに、助け合えるじゃないか。

手塚さんを無視して、みんなに言う。

「それでは、時間厳守でお願いします。――時計を合わせましょうか？」

わたしの提案に、「いらんわ」という感じで、富田林先輩が手を振った。


完全に日が暮れた。

商店街の電気は、非常灯だけを残して、切ってある。住宅地も街灯がまばらにあるだけ。月と星の明かりがあるから何とか歩けるけど、下手したら転ぶ。

わたしは、生け垣に身を潜め、息を殺す。

「………」

周りにいる人たちも、わたしと同じように気配を殺して、そのときを待っている。

闇に溶け込むように、気持ちを静める。

――本当に、これで大丈夫なのか？

不安な気持ちを、押さえ込む。

——焦るな。大丈夫。これだけ隙を見せたんだ。必ず、動きがある。

自分に言い聞かせ、そのときを待つ。

そして、思ったより、そのときは早く来た。

砂利《じゃり》を踏む、微かな足音。

わたしは、生け垣の中から覗き込む。

足音は、わたしたちに気づくことなく、近づいてくる。

——もう少し……。もう少し、近づけ。

なのに、あと数歩というところで、誰かが物音を立てた。

飛び上がるようにして、足音の主が回れ右する。

「逃がすな！」

「おー！」

わたしの合図に、みんなが答える。

「待てや、登呂井隻！」

こんなとき、「待て！」と言っても待つわけないのに、アクター精神にあふれる富田林先輩が叫んだ。


時間を少し戻そう。

古アパートの庭で肝試しの説明をしているときに、わたしはコース図を配った。それには、コースではなく、次のような文章が書かれていた。

声に出さずに読んでください。
肝試しに行くふりをして、神霜家の庭に隠れてください。
登呂井隻がきたら、みんなで取り押さえましょう。

登呂井隻は、わたしたちをどこから見ているかわからない。そのために、まず、わたしが神霜家に行った。

その後、みんなが続々とやってきた。そして、誰一人声を出すことなく、庭に身を潜めた。

肝試しのリーダーとして、わたしは考えた。

誘《おび》き出したいのは、脅迫文を貼った犯人か登呂井隻だ。犯人の方は、わたしたちの中にいるので、暴《あば》くのはなかなか難しい。

となると、狙いは登呂井隻。

ここで、登呂井隻の気持ちになって考える。

リーディングを妨害するためには、どうすればいいか？　わたしたちを一人ずつ亡き者にすればいい。しかしこれは、みんながバラバラにならないように組分けしたので難しい。

だったら、人ではなく物を壊せばいい。

リーディングをするにあたり、壊れて一番困るのは神霜家の木造家屋。つまり、リーディングのメイン舞台となる神霜家を壊せばいい。

わたしたちが肝試しで商店街に行っている間、登呂井隻は、神霜家を壊しに来る！

ここまでわかったら、やることは一つ。全員で神霜家に潜み、登呂井隻が来たところを捕まえるんだ！

そして、思惑通り、登呂井隻はやってきた。

計画と違ったのは、わたしたちが潜んでいるのに、早く気づかれてしまったこと。だからこうして、逃げる登呂井隻を追いかけるはめになっている。

登呂井隻は、住宅地を抜けて商店街へ向かっている。

だんだん、距離が広がっているような気がする。

自分以外に頼れる者がいない登呂井隻と、「誰かが捕まえてくれるだろう」と思っているわたしたちでは、スピードに差が出るのは当然かもしれない。

まず最初に、不健康な生活を送っている富田林先輩が脱落した。次に、運動とは無縁そうなQちゃん、永恋ちゃん。石上さんは頑張っていたんだけど、商店街の中ほどで足が止まった。

最終的に残ったのは、手塚さんに北野さん、そしてわたし。

後で聞いたら、北野さんは超常現象が撮れるような秘境に行くことが多いので、ジム通いは欠かさないそうだ。

前を走る登呂井隻は、決して速くない。なのに、なかなか捕まえられない。

「手塚さん、運動とは縁がなさそうなのに、けっこう走れますね」

苦しい表情をしながらもついてくる手塚さん。

「森永に……負ける……わけには……いかないからな……」

死んじゃいそうな声で言う。

わたしは不思議だった。

——どうして、こんな倒れる寸前の手塚さんを引き離せないんだろう?

そして、わかった。驚かし役のわたしは、織姫の着物を着ている。こんな着物で、スピードが出るわけない。

わたしは、走りながら着物を脱いで、短パンとTシャツ姿になる。おお、走りやすい！

「すみません、手塚さん。先に行きます」

手塚さんが、何か言いかけたんだけど、わたしはスピードアップ。

登呂井隻は、まだ逃げる。

チャンス！　この先には、フェンスがあり、登呂井隻は足止めされる。

わたしの後ろには、北野さん。ハンディカメラを頭部につけて、必死でついてくる。

山の中を、藪をかき分けながら走る。昼間でも傷だらけになるのに、暗い中を走ってるので、いたるところに擦り傷ができる。

登呂井隻は片手に懐中電灯を持って走ってるので見失うことはない。蛍《ほたる》を追いかけるような気分で、わたしは走る。

そのうち、ガシャン！　という音が、前方の闇から聞こえてきた。懐中電灯の光が揺れている。

——今のは、フェンスにぶつかった音だ！　よし、追い詰めた。

そのとき、揺れていた懐中電灯の光が、スッと遠くなる。

そして、不思議なことに、どんどん離れていく。

——あれ？　なんで？　フェンスのところで立ち往生してるんじゃないの？

そんなことを考えていたら、ガン！　と、体前面に凄《すさ》まじい衝撃。わたしはフェンスに激突した。

まるで、ハエ叩きでつぶされたハエの気分を味わいながら、前方の闇に消えていく懐中電灯の光を見る。

——登呂井隻は、どうやってフェンスを通りぬけたの……？

第六章　エディター、ショックを受ける

登呂井隻を取り逃がしたわたしは、みんなのところに戻って報告した。

「つまり登呂井隻は、金網のフェンスをすり抜けて逃げた——森永は、そう言いたいんだな?」

手塚さんの言葉に、わたしは大きく頷く。

「はい、その通りです」

「あのフェンスは、高さ約二メートル半。上には忍び返しがついていて、乗り越えることはできない」

「だから、すり抜けたって言ったんです」

「………………」

しばらく考えた手塚さんが、わたしの頭に、ポンと手を乗せた。

「正気か?」

「正気です!」

手塚さんの手を払いのけて、わたしは言った。

「じゃあ、みんなにも訊いてみよう」

手塚さんが、みんなを見る。
わたしも、みんなを見る。
みんなの目が、「正気か?」と問いかけてくる。
ああ〜。

全員、無言で古アパートに戻る。
汗と泥で汚れている上に、突然のランニングで、わたしたちは疲れ切っている。さらに
わたしは、登呂井隻を逃がしてしまったことで、精神的にもダメージがある。さらにさら
に、登呂井隻はフェンスをすり抜けて逃げたことを、誰も信じてくれなかった。……哀し
い。
着替えを持って、YP38に作られている銭湯へ行く(銭湯といっても外見だけで、中
はシャワールームだ)。
それから、六号室に集合。北野さんが撮った映像を、モニタに映す。
赤外線モードで撮られた映像は、少し緑がかっているが、昼間のようにはっきり見え
る。
中央に、藪をかき分けながら進むわたしの後ろ姿。奥の方で、懐中電灯を持った登呂井
隻が見え隠れする。

迫ってくるフェンス。

わたしの体と藪で、登呂井隻の姿が見えなくなった。

続いて、ガシャン！　という音。

さらに続いて、ガン！　という音。

わたしが、フェンスに張り付いている。その向こう――懐中電灯を持った登呂井隻が、走り去っていく。

「ねっ！　ねっ！　わたしの言ったとおりでしょ！」

わたしは、モニタを指さして叫ぶ。

「おおー！　これこそ、超常現象だ！」

北野さんも叫ぶ。

わたしと北野さんは、人目も気にせず、手をつないでコンテンポラリーダンスを踊る。

「……信じられない」

石上さんが、呟く。

Qちゃんは、何も言えず震えている。その横で、永恋ちゃんは首を捻っている。

富田林先輩は、不安そうだ。

「なんや……？　登呂井隻は、ほんまに幽霊なんか？」

テストの解答欄を、一つずつずらして書いていたのに気づいた学生みたい。

で、手塚さんは、モニタを見たまま何かを考えている。

わたしは、その頭をポンポン叩きながら言う。

「ねっ、嘘じゃなかったでしょ！　そんなわたしに、よく『正気か？』なんて言いましたね。謝罪の言葉は、いつでも受け付けますよ。さぁ、どうぞ『ごめんなさい。わたしが悪うございました』の一言を、言ってください。ほれほれ！」

「………」

「さぁ、『ごめんなさい』を――」

促すわたしを、手塚さんがビシッと指さす。

「登呂井隻が、どうやってフェンスを越えたかはわからん！　幽霊かどうかもわからん！　何もわからんが、全て森永が悪い気がする！」

そして、わたしの脳天に、ビシッと手刀を落とした。

……これって、パワハラ？　いや、ただの暴力だ。

次の日の朝早く、わたしはフェンスを調べに行く。

金網のどこかに、破れたところはないか？　何かトリックはないか？　いろいろ調べたけどわからない。

「うっきゃぁ～！」

金網の前でウロウロしてると、動物園のサルになったような気分だ。

最後に、助走をつけてフェンスに体当たり。ひょっとしたらすり抜けられるんじゃないかと思ったのに――。

ガン!

わたしは、ハエ叩きでつぶされたハエの気分を、また味わう。

なんの収穫もないまま、古アパートへの道を急いでいると、足が止まった。

YP38の路地の奥に、二人の人物が――手塚さんとQちゃんがいるのを見つけたのだ。

考えるより先に、隠れていた。

板塀沿いに移動し、電柱の陰に隠れて、二人の様子をうかがう。遠すぎて、何を言ってるのか聞こえない。

ただ、二人とも、なんともいえない笑顔で話をしている。写真に撮ったら、恋愛映画のポスターにできそうな雰囲気。

――今まで、こんな風な二人を見たことなかったな。なんか、二人だけの世界を楽しんでるって感じ……。

ほのぼのしていると、恐ろしい考えが浮かんだ。

――ひょっとして、いちゃいちゃする時間を作るために、二人が共謀して、リーディングを妨害してるのではないか？

バカらしい考えかもしれない。しかし、手塚さんを見ていると、そんな非常識なこともやってしまえそうな怖さがある。

それに、彼はカメラの位置を知っている。脅迫文の紙を貼ることもできる。

――どうする……？　この恐ろしい考えを、誰かに相談するか？　それとも、直接、手塚さんを追及するか……。

答えの出ないまま、二人に気づかれないよう、その場をカサカサと離れる。

古アパートに戻ったら、みんなが庭に集合していた。橋川さんまでいる。

――全員で、ラジオ体操をするのかな？

そんなことを考えてたら、富田林先輩に怒鳴られる。

「どこ行っとったんや、森永！　急におらんようになったら、心配するやんか」

「すみません。ちょっと、フェンスを調べに――」

「まったく……。手塚とQちゃんもおらんし……。この状況で、勝手に行動するのが危険やってことぐらい、わかるやろに」

ブツブツ呟く先輩に、石上さんが言う。

「九さんは、さっき和ちゃんが話があるって言って一緒に出て行きました。すぐに戻るようには伝えたのですが――」

そうか、手塚さんの方から呼び出したのか。まぁ、手塚さんがついてるから、Qちゃんは心配ないだろう。

そんなことを考えてたら、二人が戻ってきた。

「あかんやろ、手塚！　勝手に動いたら、Qちゃんまで危ない目に遭うかもしれんのやで」

「すみません」

手塚さんが、頭を下げる。

わたしは、みんなに訊く。

「で、どうして庭に集まってるんです？　ラジオ体操ですか？」

答えてくれたのは、石上さんだ。昨夜は、ずいぶん気分が悪そうだったが、今は元気だ。

「橋川さんの提案で、山狩りをすることになったのよ。登呂井隻が幽霊かどうかは置いておいて、こちらから積極的に捕まえようってことが決まったわ」

橋川さんが、おれに任せとけという顔で、胸を張る。背中の猟銃が、怖い。

「わたしたちは、パスさせてもらってもいいですか？」

北野さんが、言う。

「昨夜、すごい映像が撮れましたからね。編集作業に入りたいんです」

「ええ、どうぞ。こちらとしても顧客《リーダー》を危険な目に遭わせるのは本意ではありませんから」

「ありがとうございます。それでは、六号室をお借りします」

北野さんと永恋ちゃんが、古アパートに入っていく。

それを見送ってから、石上さんが言う。

「じゃあ、富田林さんと九さん、和ちゃんと森永さん、わたしは橋川さん――この組み合わせで行いましょう。お昼には、一度戻ってきてください。くれぐれも、気をつけて」

わたしは、チラリと手塚さんを見る。

――手塚さん、Qちゃんとペアの方がよかったんじゃないかな……。

そんなことをぼんやり考えていたら、気を抜くなというように、石上さんに睨まれた。

わたしは、慌てて敬礼を返す。


「次は、どこを調べる」

かなりの時間、二人で山の中をウロウロする。それでも収穫なし。

「あ……えーっと、どこでもいいです」

ぼんやりしていて、何も考えてなかった。

「どうしたんだ？　いつも妙だけど、今日は、さらに妙だぞ。話しかけても、なかなか返事がないし」

そうだったのか。手塚さんに言われるまで、自覚はなかった。

「ちょっと疲れてるのかもしれません。あっ、そういえば、朝ご飯を食べてません」

「…………」

黙って聞いていた手塚さんは、わたしの手を取ると、Uターンする。

「ちょ、待っ！　どこへ行くんですか？」

引きずられるように歩きながら、わたしは訊いた。

「帰るんだよ」

「え～、なんでですか！」

「森永が食事を忘れるなんて、これほどの異常事態は、そうそうない。絶対に、どこかおかしい。取りあえずは、帰ってご飯食べるぞ」

「…………」

片手を引っ張られながら山道を歩くのは、とても怖い。道の脇のドクウツギに突っ込みそうになるし、三回転んだ。

でも……不思議と悪い気持ちはしなかった。

食料貯蔵庫から真空パックのご飯やインスタント味噌汁《みそしる》、缶詰（富田林先輩が酒の肴《さかな》用に用意したもの）を五号室に持ち込み、両手を合わせる。

ガフガフと食べてるわたしを、手塚さんが、黙って見てる。なんだか、ブリーダーのようだ。

「さて、餌《えさ》もやったし——。もう一度、山狩りに行ってくるか」

「え？　もうすぐお昼ですよ」

わたしの言葉に、手塚さんがスマホを出して時間を確認する。

「続きは、昼食を食べてからにするか」

「そうしましょう。わたしも、このまま、お昼ご飯に突入します」

「…………」

手塚さんは、しばらくわたしを見てから、わたしの持ってるお皿を取り上げた。

「食わなきゃ食わないで心配だし、食えば食うで、いつまでも食ってるし——。頼むから、普通でいてくれ」

手塚さんのリクエストに、わたしは、喉の奥で「グルル……」とうなる。

最初に戻ってきたのは、橋川さんと石上さん。このときには、六号室で編集作業をしていた北野さんと永恋ちゃんも部屋に来た。

それぞれ、食料を取ってきて食べてると、Qちゃんが帰ってきた。

「あれ？　富田林先輩は？」

「もう少し捜してみると言って、一人で山に残ってます」

「お腹空《なかす》かないのかな……」

わたしが心配してると、手塚さんが箸を置いた。

「おれ、助っ人に行ってきます」

ビニール袋に、手近な食料を放り込む。

「わしも、ついていってやろう」

立ち上がろうとする橋川さん。わたしは、服の裾《すそ》をつかんで座らせる。

「橋川さん、ステイ！　橋川さんまで行っちゃったら、男性は北野さんしか残らないでしょ」

わたしは、Qちゃんにコンビーフの缶詰をパスする。

「Qちゃん、ついてってあげてよ」

このとき、わたしは手塚さんとQちゃんのことだけで、富田林先輩のことは何も思っていなかった。

四十歳独身バツイチの富田林先輩は、絶対に大丈夫。そんな風に見ていた。

だって、子供の養育費を払うために、一生懸命働いてるんだもん。やりたくない仕事でも、お金のためにやったりしてるんだもん。

先輩は、大丈夫！

そう思っていた。

手塚さんとQちゃんが行ってから、わたしは食べ続ける。

みんなの箸の進み方が遅い。

「食べないんですか？　食べないのなら、わたしが全部もらっちゃいますよ」

永恋ちゃんが、口元を手で押さえる。どうやら、わたしを見て、食欲をなくしたようだ。

そのとき、スマホが震えた。Qちゃんからのラインだ。

鯖《さば》缶を開けながら、画面を読む。

［祠の近くで富田林さんが死んでます］

……意味を理解したとき、わたしはすでにアパートを飛び出していた。

気がついたら、祠に着いていた。

道ばたの石に、Qちゃんが座っている。

「先輩は……？」

Qちゃんは、抱えた膝に顔を埋《うず》めたまま、道の先を指さした。

大岩で、道が見えない。その手前に立っている手塚さん。

「先輩は？」

手塚さんに駆け寄る。彼は、何も言わない。

「ねぇ、先輩は！」

わたしは、手塚さんを揺する。

耳がガンガンする。自分の心臓の音で、周りの音が聞こえにくい。

「ねぇ、ねぇ！」

手塚さんは、わたしに揺すられるまま。その視線の先に、わたしは目をやる。

最初、目に映るものが信じられなかった。

いや、見ているものが何かはわかる。

筋張った男性の左腕。手首には、紛《まが》い物《もの》のGショックが巻かれている。

「子供が、誕生日のプレゼントにくれたもんなんや」

そう言って、自慢していたのを覚えてる。

——これ、富田林先輩の腕だ……。

いや、先輩の腕とは限らない。だって、目に見えるのは、腕だけだ。それ以外の部分は、大岩の下に隠れている。

そして、その大岩の上にも、土砂が積もっている。

富田林先輩ガ、大岩ノ下敷《したじ》キニナッテイル……。

全てが理解できたとき、わたしは叫んでいた。

「富田林先輩！」

駆け寄ろうとしたわたしの腕を、手塚さんがつかむ。

「ダメだ、森永！　行くな」

「でも……でも、先輩が！」

「行くな……行っても、富田林さんは死んでいる」

自分以外の人が使う『死んでいる』の言葉が、わたしに現実を突きつける。

「先輩……」

わたしは、その場にしゃがみ込んだ。

黒いボディスーツ姿の男たちが、忙しそうに動き回っている。彼らは、ヘルパー隊のメンバーだ。

大岩があるところにはブルーシートが張られ、中の様子は見えなくなっている。

誰かが、わたしの肩にポンと手を置いた。手塚さんだ。

「さっき、ヘルパー隊が富田林さんを運び出した」

「先輩は……？」

わたしの問いに、手塚さんが黙って首を横に振った。

気がつくと、みんなも集まってきていた。

石上さんは、Qちゃんの肩を抱きしめている。Qちゃんは、ハンカチを顔に当ててしゃくり上げている。

永恋ちゃんも、気分が悪そう。でも、北野さんが肩を抱こうと寄ってきたのを、スッと避けている。

橋川さんは、ヘリコプターでやってきたヘルパー隊を見て、驚いている。

「こんな連中が来るのなら、吊り橋が壊れてても関係ないな……」

その言葉に、誰も反応しない。

手塚さんは、唇《くちびる》を嚙《か》みしめて、何かに必死に耐えている。

「……大丈夫ですか？」

わたしが声を掛けると、弱々しく微笑んだ。

「森永に心配されると、自分が、ものすごくダメ人間に思えるな」

そして、わたしの頭に手を乗せる。

「大丈夫だ。心配するな」

わたしは、訊きたくないけど、訊いておかないといけないことを質問する。

「富田林先輩は、どうして岩の下敷きになったんですか?」

「わからない。おれと九さんが来たときには、もう下敷きになっていた。土砂が崩れたのが、事故なのか事件なのか……。これからヘルパー隊が調べてくれるだろう」

「わかりました」

原因はわからなくても、富田林先輩が死んだ、という事実に変わりはない。今は、その事実を冷静に受け止めるんだ。

そして、原因が事故ではなく事件——誰かの手によるものならば、そのときは、怒りを爆発させるだけだ。

今は……今は冷静に、氷のように冷静になるんだ。

わたしは、大きく息を吸い、気持ちを静める。

ブルーシートの前では、橋川さんがヘルパー隊の隊長——烏有《うゆう》さんに、盛《さか》んに話しかけている。

「この数日で、吊り橋と祠の二ヵ所で土砂崩れが起きた。わしは、何十年と村に住んどるが、こんなに土砂崩れが起こるのは何かの呪いと考えるのが、一番自然だ」

橋川さんは、呪いのせいだと考えているのか。

「とうとう、死人まで出た。わしが思うに、この呪いは、あんたらディリュージョン社が村を買ったからだ。都会の者が来て、山の神様が怒ってるんだ。あんたらは、早く村から手を引いた方がいい」

橋川さんの言葉に、視界の端で、永恋ちゃんが頷いてるのが見えた。

わたしは、こっそり永恋ちゃんのところに行って訊く。

「本当に、山の神様が怒ってるの？」

「たぶん……。ここに来て、ずっと何かの怒りや哀しみを感じてます。都会の人が来てるから怒ってるかどうかはわからないのですが……」

なるほど。

橋川さんが、ヒートアップする。

「わしが村を買い戻そう。これ以上、犠牲者を出したくないだろ。なっ、悪いようにはせんから」

「そこまでにしませんか。富田林さんが亡くなってるんです。今は、そういうことを話すのにふさわしくありません」

烏有さんの代わりに、石上さんがピシャリと言った。

続いて、手塚さんが、

「烏有さん、ちょっと――」

橋川さんから、烏有さんを引きはがす。

残された橋川さんは、ブツブツ言いながら、帰って行く。

わたしは、石上さんに言う。

「富田林先輩が亡くなった原因は、事故か事件か、あるいは呪いか——わかりません。だから今は、わたしたちにできることを一つずつやっていきましょう。無駄かもしれない、間違ってるかもしれない。でも、何もせずに時間が過ぎるのを待つより、はるかにいいと思います」

「確かに、森永さんの言う通りね」

石上さんが、うなずいた。

わたしは、拳を握りしめる。

「仕切り直しです！」


みんなをつれて、フェンスのところへ行く。

Qちゃんと永恋ちゃんは、顔色が悪いので古アパートに帰らそうかと思ったが、二人だけで置いておくより、みんなと一緒にいる方が安全だと判断した。

北野さんは、ずっとハンディカメラを回している。リーディングができない状況で、本当なら顧客《リーダー》に申し訳ないと思わないといけないんだけど、「お宝映像が撮れる」と期待している彼を見ると、まぁいいかと思えてくる。

わたしたちは、登呂井隻に対して、奇妙な畏《おそ》れを抱いてる。それは、生きている人間にはできないことを、彼がやるからだ。

どうやってフェンスをすり抜けたか？　このトリックを見破れば、登呂井隻が生きていると証明できる。

「どんな手がかりも見逃さないようにしてください」

わたしは、地面に顔を近づける。

たくさんついている足跡がある。これは、わたしのものだ。それらに踏みつけられている、スニーカーの跡。これは、登呂井隻のものだ。

「みなさん、これを見てください」

わたしは、登呂井隻の足跡を、みんなに見せる。

「足跡がつくということは、登呂井隻が生きているという証拠です」

「でも、生きてる人間は、フェンスをすり抜けたりできないぞ」

手塚さんが痛いところをついてくる。

確かに、登呂井隻の足跡は、フェンスに向かってまっすぐついている。そして、フェンスのところで一度立ち止まって、そのままフェンスの向こうに、また続いている。

確かに、フェンスをすり抜けたように見える。

そのとき、フェンスの向こうの藪が、ガサガサ揺れた。

藪の間に、ひょっこり人間の頭が見えた。

登呂井隻だ！

好奇心旺盛《おうせい》のタヌキが、人間の声がするので様子を見に来た――そんな感じで、登呂井隻が、わたしたちの方を見た。

ばっちり、目が合う。

「うっきゃ！」

一声吠《ほ》えて、わたしはイノシシのようにフェンスに突進。当然、すり抜けることはできずに、またまたハエ叩きに叩かれたハエの気分を味わう。

「なるほど……そういうことか」

背後で、手塚さんがうなずいてる。

「何かわかったんですか？」

「今の森永の動きを見て、わかった。このフェンスは、森永のような獣から作物を守るためのもの。そして、獣は、突進することしかできない。しかし、人間は――」

手塚さんがフェンスの金網に両手を掛け、手前に引き上げた。フェンスが、のれんをめくるように、持ち上がった。地面との間に、通りぬけるには十分の隙間ができた。

（図①参照）

「よく見ると、地面に対して、金網は垂直に立っていません。少し斜めになっています。

（図①）

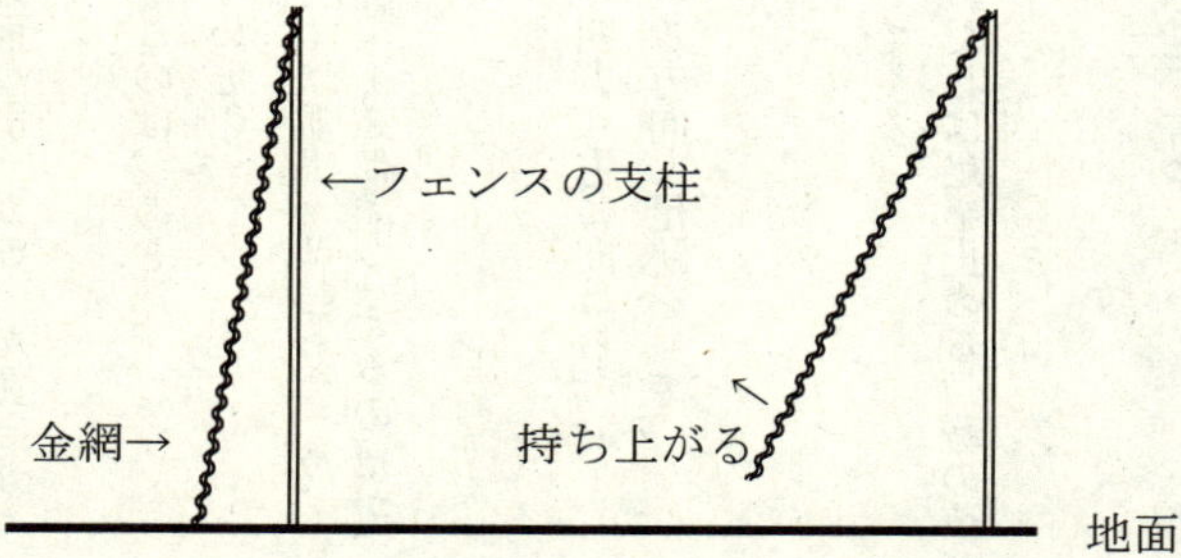

このため、向こうに押しても地面に引っかかって動きませんが、手前には引き上げることができるんです」

なるほど——などと、感心するのは、あとだ。

今は、登呂井隻を追いかけないと！

わたしたちは、金網を持ち上げた隙間からフェンスをくぐり抜け、登呂井隻を追う。

深い藪の中。登呂井隻が移動する音は聞こえるのだが、どちらへ進んでるかは見えない。

「どっちへ行った！」

北野さんがハンディカメラを四方八方に向ける。

わたしは、藪の草が倒れている方向と足跡を見て、

「こっちです！」

追跡を続ける。

みんなが、わたしの跡をついてくる。

数分ほど追いかけたとき、わたしは足を止める。藪の草が倒れていない。登呂井隻の足跡も途切れている。

「……消えたのか？」

手塚さんが、途切れた足跡を見て言った。

「いえ、違います」

わたしは、静かな口調で言う。

「登呂井隻は、この位置まで来たら、自分の足跡を踏みながらバックしたんです。そして、ある程度のところまで引き返すと、脇の藪の中にジャンプしたんです」

登呂井隻に、わたしたちの背後を取られたかもしれない。

これは、マズい。ここまでは追う立場だったが、今は、背後から狙われる状況になってしまった。

わたしは、耳を澄ます。

谷川の音が、足下の方から聞こえる。

どうやらここは、吊り橋近くの崖の上だ。

「みなさん、気をつけてください。登呂井隻が背後か――」

わたしの言葉をかき消すように、藪をかき分ける音。そして、

「動くな！」

という鋭い声。

登呂井隻が、石上さんを羽交い締めにしている。ひょろひょろの体は、わたしでも倒せそうなんだけど、ややこしいことにサバイバルナイフを石上さんの首筋に当てている。

「動くなよ……」

震える声で、登呂井隻が言う。

安心しろ、人質《ひとじち》を取られてるんだ。下手に動く気はない。

「ねぇ、山ちゃん。……大丈夫だから。みんな、山ちゃんに、何もしないよ。ちょっと話を聞きたいだけだから……。ねっ、おとなしくして」

石上さんが、登呂井隻を学生時代の呼び方で呼ぶ。

「ダメだ……ダメだ……」

ブツブツ呟く登呂井隻。

「なんだよ……なんで、みんな『あなたと二人組』のリーディングをしようとするんだ。あのメタブックは、呪われてるんだぞ。どうして、ほっといてくれないんだ……」

石上さんの言葉も、耳に入ってないみたいだ。

手塚さんが、わたしの前に出る。まるで、わたしを背にして守ろうとしてるかのように――。

でも、手塚さんが後ろ手でスマホを出すのを見て、わたしの考えが間違ってることに気づいた。

登呂井隻に見えないようにして、わたしにスマホを操作しろというのだ。

わたしは、ヘルパー隊の呼び出し番号を押す。続いて、『666』――非常事態発生を意味する数字を入力。あとは、GPSで手塚さんのスマホの位置を調べて駆けつけてくれるだろう。

「おい、何をしてる……」

ヤバい！

登呂井隻が、わたしと手塚さんの方を見る。

「何をした……。おれを捕まえるのか……？　イヤだ、イヤだ……」

なんだか、登呂井隻の反応がおかしい。刺激すると、何をするかわからない……。

「おまえら、動くなよ……動くなよ」

石上さんを羽交い締めにしたまま、ジリジリと後ずさりする登呂井隻。わたしたちとの距離が開く。

わたしたちは、何もできない。

そのとき――。

不意に、登呂井隻と石上さんの姿が消えた。

続いて、長い悲鳴。

登呂井隻は、崖に向かって後ずさりしてたんだ。

わたしたちは崖の方へ走り、下を覗き込んだ。

崖下の藪に、二人が倒れている。

「石上さん！」

呼びかけたけど、反応がない。

頭上に、ヘルパー隊の黒いヘリコプターが現れた。サイレントモードで飛んでいるが、ローターの風切り音がすごい。

わたしは、手塚さんのスマホを通話モードにして叫ぶ。

「大至急、二人を病院に運んでください！」

第七章

エディター、我が目を疑う

石上さんと登呂井隻がヘリで搬送されてから一時間後――。

ヘルパー隊の烏有さんから、二人とも命に別状はない、という連絡があった。

ホッとすると同時に、気になることも聞かされた。

石上さんが、意識をなくす前に言った言葉――「まだ、呪いは消えていない」と呟いたというのだ。

いったい、どのような意味なのか……。

と、気になる一方、みんなの間には、もう大丈夫という安心感が流れているのも事実。

いや、気を抜いてない人間が二名。

一人は手塚さん。なんだか、ずっと考え込んでいる。

もう一人が、永恋ちゃん。ずっと具合が悪そうだ。

「まだ、怒りとか哀しみを感じてるの？」

わたしが訊くと、黙って頷く。

何か気晴らしになればと思い、わたしは永恋ちゃんとQちゃんを誘い、山へ散歩に出かけた。

頭上に生い茂る木々の葉が、太陽の日差しを優しくしてくれる。

乾いた風が、わたしたちの髪をなでていく。

とても爽《さわ》やかな風景の中を歩いてるのに、気持ちは晴れない。

富田林先輩が死んだ。石上さんも、大怪我をしている。そして、こんな状況なのに、違約金の心配をしている自分が、イヤになる。

Qちゃんと永恋ちゃんも、何も言わない。元気づけたいけど、わたしもこんな状態で、言葉がない。

すると、前から橋川さんが歩いてきた。背中には、竹で編んだ籠《かご》と猟銃を背負っている。

「大変だったな」

橋川さんが言った。石上さんと登呂井隻が崖から落ちたことを知ってるようだ。

「しかし、登呂井隻もいなくなったし、もうすぐ吊り橋も直る。そうすれば、山も静かになる」

「そうですね」

……でも、富田林先輩は戻ってこない。

「いろいろあったが、元気を出しな。夕飯は、わしが山菜鍋《さんさいなべ》を作ってやる。みんな、持ってきた食料にも飽きただろ。うまいものを食べたら、元気も出るさ」

背中の籠を揺する橋川さん。

「ありがとうございます」

「夕方の山は、気持ちいいぞ。散歩したら、帰ってきなさい」

わたしたちは、橋川さんと別れて散歩を続ける。

まったく、彼の言うとおりだ。わたしたちは生きてるし、これからも生きていかなくてはならない。

ずっと落ち込んでいたら、富田林先輩に頭を叩かれそうだ。

「なにグズグズやっとんのや、森永。おまえがそんな調子やったら、安心して死んどれんやんか。森永には元気に働いてもうて、子供の養育費を代わりに払《はろ》てもらおと思とんのに」

――いや、養育費は無理ですから。

心の中で、富田林先輩に突っ込む。

そう、元気を出さないとね。

だいたい、ここは山の中だ。生きたいと思っても、死んでしまう可能性の高い場所。気を抜いてる場合じゃない！

するとわたしの足がピタリと止まった。手を横に伸ばし、後ろを歩いてるQちゃんと永恋ちゃんも止まる。

「どうかしたんですか、森永さん？」

Qちゃんの質問に答えず、ゆっくりしゃがみ、少し先の地面を見る。褐色の葉が、たくさん落ちている。あれは、棒ガシの葉だ。

「Qちゃんに永恋ちゃん、あの葉っぱが見える？」

「見えますけど……何か不思議なんですか？」

わたしは、周りや頭の上を指さす。

「あの葉っぱは、棒ガシの葉。でも、周りに生えてるのはシイの木。目に見える範囲に、棒ガシの木は生えていない。なのに、足下には棒ガシの葉が落ちている……」

「ということは、誰かが棒ガシの葉を持ってきて、撒いたということですか？」

永恋ちゃんの質問に、無言で頷く。

わたしは、木の枝を拾うと、棒ガシの葉を払いのける。地面に、鋭い釘が突き出た板が置いてある。知らずに踏めば、足を突き刺す、太くて鋭い釘。

誰かが、この釘を仕掛けた。隠すために上から木の葉を撒こうとしたが、落ちていない。仕方なく、棒ガシの葉を拾ってきて撒いた……。

よく見ると、釘の先には何かが塗られているようだ。

──そういや、道ばたにドクウツギがたくさん生えてたな……。

毒が塗ってあるということは、怪我をさせるというより、命を奪うことが目的と考えられる。

わたしは、板を引っ繰り返し、踏んでも安全なようにする。

──お昼に歩いたとき、こんな罠はなかった。ということは、それ以降に設置されたことになる。そして、そんなことができたのは……。

わたしは考える。

みんな、一緒に動いていた。富田林先輩のところにも一緒に行った。その後はフェンスのところに行き、登呂井隻を追いかけて──。

いや、橋川さんだけがいなかった。烏有さんと話した後、彼は、どこかへ行ってしまった。

わたしは、さっき会った橋川さんが、山菜の入った籠を背負っていたことを思い出す。

──橋川さんは、わたしたちを殺そうとしている。

「Qちゃん、永恋ちゃん。みんなのところへ帰るよ！」

キョトンとしてる二人。説明してる時間はない。

「手塚さんと北野さんが、危ない！」

わたしは、走り出す。

メタブックはイメージです
ディリュージョン社の提供でお送りします

——なんだか、水分村に来てから、走ってばかりの気がする。

走りながら、そんなことを考える。

——この仕事が終わったら、ずいぶん痩《や》せてるんだろうな。

体重計に乗るのを楽しみに、古アパートに飛び込む。

五号室のドアを開ける。

部屋の奥で、カセットコンロに掛けた鍋を前に、橋川さんが座っている。取り押さえようとしたわたしは、動けなくなる。

橋川さんの脇には猟銃が置いてある。

わたしが部屋の奥に走るまでに、銃を構えて銃爪《ひきがね》を引く——簡単なことだ。

「その表情だと、わしのやろうとしてることがわかったようだな」

楽しそうに笑う橋川さん。

わたしは身動きできず、鍋と橋川さんを見ている。鍋の脇には、山菜の入った籠。わたしは、その中にセリによく似た植物を見つけた。

——似てるけど、セリの匂いがしない。ということは、あれは、ドクゼリ……。

どうすればいいか考えてるところに、北野さんが来た。六号室で編集作業をしていたのだろう、疲れた目をしている。

「ああ、夕食は橋川さんの鍋ですか。うれしいですね」

部屋の中を覗き込んで言った。橋川さんに近づこうとするので、わたしは止める。下手に近づいたら、人質にされるじゃないか。

駆けつけてきたQちゃんと永恋ちゃんが、北野さんに言う。

「ダメです。橋川さんは、わたしたちを殺そうとしてます」

「は?」

北野さんが、何をバカなことを言ってるんだという顔をする。しかし、橋川さんが猟銃を構えるのを見て、表情が固まった。

「部屋の中へ入って、壁際に並べ。手は、頭の上に乗せてな――」

「………」

「下手に逃げようとしない方がいい。アパートの周りにも、罠を仕掛けておいた。逃げても、どっちみち死ぬ」

どうやら、言うことを聞くしかなさそうだ。わたしたちは、言われるまま壁際に並ぶ。

「あっと、そこの姉ちゃんは、手を頭にやる前に、ポケットから石ころとハンカチを出しな」

橋川さんが、わたしを見て言った。

チッ、見抜かれてたか。

しかし、迂闊《うかつ》だった。五号室に来る前に、ヘルパー隊の烏有さんに連絡して、助っ人を頼むべきだった。彼らなら、罠を突破して助けに来るぐらい、簡単にできるのに……。

とにかく今は、時間を稼《かせ》ぐしかない。

「吊り橋を壊したのは、橋川さんですね？」

「そうだ」

考えてみたら、吊り橋を壊した者がいたとしたら、ブルドーザーを操縦できる橋川さんしかいない。

「大岩をブルドーザーで崖の端まで運び、楔《くさび》を嚙ませて固定するんだ。あとは、ブルドーザーを使わなくても、楔を抜けば、大岩は崖から落ちて吊り橋を破壊する。——簡単だろ？」

「道を作ってると言ったのは、吊り橋を壊すのを誤魔化す嘘ですね」

「いや、それは本当だ。道は、必要なんだ」

わたしは、一息置いてから、質問を続ける。

「富田林先輩を殺した大岩——あれを動かしたのも、橋川さんですか？」

「いや、それは違う。あれは、わしじゃない。勝手に崩れたんだろう」

「……………」

嘘を言ってるようには見えない。

「吊り橋を壊したのは、わたしたちを殺すのに、邪魔が入らないようにするためですか？」

「その通りだ。よくわかってるじゃないか」

褒められても、うれしくない。

「どうして、わたしたちを殺そうとするんです？」

「村を買い戻すためだ。おまえらが死んだら、やはり『あなたと二人組』は呪われているんだということになり、ディリュージョン社が水分村を手放すだろ？」

「………」

「本当は、ゆっくり一人ずつ殺していく予定だったんだ。だが、ヘリに乗ってやってくる連中がいるじゃないか。あんなのがいたら、吊り橋を壊した意味がない」

橋川さんが、ヘルパー隊のことを話す。

「邪魔が入らないうちに計画を進めるのがいいと思って、一気に殺すことにした。ドクゼリの鍋だ。みんなには、これを食べてもらう」

橋川さんが、カセットコンロの上の鍋を手で示す。

哀しいことに、美味《おい》しそうだ。

「季節外れの鍋料理。野草に詳しくない都会の会社員が、間違って毒草を食べて死ぬ――珍しくもない事故だ。新聞の片隅に載って、読んだ人も、すぐに忘れてしまう。誰も、毒殺だとは思わない」

「………」

「これで、ディリュージョン社も村を手放すだろう」

「どうして、そこまでして買い戻したいんです？」

「前にも言っただろ。この村の自然を守りたいんだ」

橋川さんが言うと、

「嘘だな」

という声がした。ドアのところに、手塚さんが立っている。手には、スマホを持っている。

「烏有さんに頼んで、調べてもらった。すると、この村にとてつもない価値があることがわかった」

部屋の中に入ってくる手塚さん。

今、彼の頭の中では、かつて読んだり見たりした探偵の謎解《なぞと》きシーンが再現されているのだろう。口調や態度が、とっても芝居がかっている。

「とてつもない価値？　じゃあ、やっぱり埋蔵金があるんですね！」

わたしが口を挟むと、手塚さんが卑しい奴めという感じで睨んでくる。……はい、邪魔しません。

「烏有さんの話だと、このところ、山には不似合いな外国人達が、何度も来ている。そいつらは、外国の不動産屋だ」

「不動産屋？　こんな山の中の土地を買う気なんですか？　こんなとこ買っても、不便なだけじゃないですか」

Qちゃんが訊いた。

「水だよ」

……水？

「水って……水がほしいんですか？」

邪魔しないつもりだったけど、思わず口を挟んでしまった。だって水なんて、蛇口《じゃぐち》を捻ったら出てくるものなのに……。

「森永らしくないな。水がなければ三日で死ぬことぐらいは知ってるだろ」

確かに、手塚さんの言うとおりだ。

「でも、砂漠や海の上じゃないんですよ。湧き水でも地下水でも、手に入れようと思ったら、なんとかなります」

「それは、おまえが日本にいるからだ。世界には、水不足で深刻に悩んでる国が、たくさんある。そんな国にしてみたら、日本みたいに水が豊富な国は宝の山だ」

宝の山……。

「そりゃ、いくら水源になる土地を手に入れても、水を外国まで輸送するのは簡単じゃない。費用も手間も、ものすごくかかるだろう。それでも、水は命に関わるものだ。水源を押さえておきたい気持ちは、よくわかる」

手塚さんが、橋川さんを見る。

「そいつらが、この村を買うのに、どれぐらいの金を提示しているのか？　興味があるな。少なくとも、ここにいる連中を皆殺しにしてもいいぐらいの金を、言ってきてるんだろうな」

橋川さんは、薄笑いを浮かべたまま、手塚さんの言葉を聞いている。

Qちゃんが、訊く。

「どうして、その人達は、ディリュージョン社と交渉しないんです？」

「ディリュージョン社は、日本の土地を守るために、どれだけ大金を積まれても売ったりはしないからだよ」

そして、手塚さんはポーズを取って、フッと笑う。

「この手塚の推理、どこか間違ったところがあったかな？」

今、彼の頭の中では、名探偵への賞賛の拍手が鳴り止《や》まないのだろう。そして、犯人は罪を懺悔《ざんげ》する。こんな流れだ。

でも――。

「いや、ない。見事なものだ」

そう言ってから、橋川さんは、猟銃を手塚さんに向ける。

「話が終わったのなら、みんなと一緒に、手を頭の上に乗せて壁際に立ってろ」

「…………」

猟銃という現実を突きつけられた手塚さんは、おとなしく壁際に立つ。

「おつかれさまでした」

わたしが言っても、手塚さんは聞いてない。

「おかしいだろ？　探偵に全ての謎を解かれたら、犯人はおとなしく『わたしが悪うございました』って言って捕まるか、自殺するもんだ。探偵に猟銃を向けるなんて、あのジイさん、お約束がわかってないんじゃないのか」

ブツブツ文句を言っている。

「別にいいじゃないですか。どうせ、もうすぐ烏有さんたちが助けに来てくれるんでしょ？」

わたしが言うと、手塚さんが妙な顔を向けてきた。なんて言ったらいいのかな、宝くじの高額当たり券をポケットに入れたまま、洗濯機に入れてしまったような——。そんな感じ？

わたしは、恐る恐る訊く。

「あり得ないとは思いますが……助けを頼んでないんですか？」

手塚さんが、こっくり頷く。

わたしたちの口が、あんぐりと開く。

彼にとって幸運だったのは、わたしが両手を頭の上に乗せていなければいけなかったことだ。両手が自由に使えたら、ボコボコにしてるぞ。

「うるさいぞ。少し静かにしていろ！」

ザワザワしているわたしたちに、橋川さんが言う。

何もできないまま、時間が過ぎる。

「さて、できた！」

猟銃を持った橋川さんが立ち上がった。

「それでは、最後の晩餐《ばんさん》の準備をしてもらおうか。まず、テーブルを部屋の中央に出して、その上にカセットコンロを置く」

「………」

手塚さんと北野さんが、テーブルを移動させる。Qちゃんと永恋ちゃんが、座布団や食器を並べる。

わたしも動こうとしたんだけど、

「おまえは、壁際から動くな！」

橋川さんに怒られた。残念。隙を見て、熱々の鍋をぶつけてやろうと思ったのに――。

猟銃を構えたまま、油断なくみんなの動きを見ている橋川さん。ちゃんと距離を取り、反撃されないようにしている。

「あの……質問なのですが――」

わたしは口を開く。

「ドクゼリ、あんまり好きじゃないんです。社会人として、好き嫌いは良くないと思うんですが、食べないという選択をしてはいけませんか？」

「ドクゼリが好きな奴に会ったことはないが」

橋川さんが、そう前置きしてから言う。

「食べなかったら、猟銃の暴発での事故死になるだけだ」

つまり、殺されるという結果は変わらないというわけだ。

「さぁ、食卓に着け」

言われるまま、座布団に座る。

橋川さんは、わたしに鍋をぶつけられないよう、ドアのところまで離れる。

「はい、手を合わせて――。いただきます」

「………」

わたしたちは、いただきますを言わずに手を合わせる。精一杯の反抗だ。

箸でつまんだドクゼリ。セリの良い香りなど、少しもしない。間違いなく、本物のドクゼリだ。

――人生最後に食べるものが、ドクゼリか……。

哀しくて、涙が出てくる。

――せめて、ステーキにしてほしかったな。

ドアに背を向けて立った橋川さんは、わたしたちに油断なく猟銃を向けている。

そのとき――。

部屋に入ってきた者が橋川さんを羽交い締めにし、猟銃を取り上げた。そして、橋川さんを畳の上に投げつける。

「えええぇ～！」

入ってきた人を見て、わたしは叫んでしまった。

「見事な一本背負いやろ」

得意げに言う富田林先輩。その足下では、橋川さんが気を失っている。

先輩……なんで、生きてんの！

その後、駆けつけたヘルパー隊により、橋川さんは連れて行かれた。

「格好良かったやろ、おれ？」

富田林先輩は、上機嫌だ。

わたしたちは、まだキョトンとしている。

――なんで……なんで、富田林先輩が生きてるの？

「四十年生きてきて、今日のおれが、一番輝いてたな。これまでが、小学校の写生大会で入選したことやったから、どえらい出世や」

るんるんしてる四十歳は、とても死んでるようには見えない。

「さっきの勇姿を見たら、嫁さんも帰ってきてくれるんちゃうかな？　森永、動画撮ってたか？」

わたしは、首を横に振る。あの状況で、そんなことができるもんか。

「北野さんも撮ってへんの？　あかんなぁ……。いつもは、あんなにカメラ回しとんのに」

嘆《なげ》かわしいというように、首を振る富田林先輩。

わたしは近づくと、先輩の頭をペシンと叩いた。確かに、手応《てごた》えがある。幽霊じゃない。

「なにすんのや、森永！　先輩の頭を叩くなんて、なに考えとんのや！」

わたしは、先輩の胸ぐらをつかむ。

「そっちこそ、何考えてんですか！　なんで、おとなしく死んでないんです？」

「なんで、死ななあかんのや！」

「大岩につぶされたら、死んでください！　人として！」

「大岩？」

キョトンとした顔の富田林先輩。そして、納得したというように、ポンと手を叩いた。

「森永は、あれが本物の岩やと思たんか？」

えっ？

「あれは、炭素繊維強化樹脂で作った張りぼてや」

タンソセンイキョウカジュシ……。

最近、聞いた覚えがある。記憶の引き出しを引っ繰り返していたら、思い出した。倉庫にあったお地蔵様。あれは、炭素繊維強化樹脂で作った張りぼてだった。

「炭素繊維強化樹脂で、でっかいシュークリームの皮みたいなもんを作るんや。そして、外側を岩らしく塗る。これで、軽くて丈夫な大岩のできあがりや。あとは、おれが寝転んどるとこに、大岩をかぶせる。くぼみを作って、そこから腕を出しとったから、よりリアルやったやろ。仕上げは、大岩の上から土砂をかぶせるんや」

Vサインを出す富田林先輩。

わたしは、一つ納得できない。

「おかしいですよ。富田林先輩は、張りぼての下にいたんでしょう？　どうやって、上から土砂をかぶせるんです?」

「そんなん、協力者がおったに決まっとるやんか」

富田林先輩が、手塚さんの肩をポンと叩く。

「手塚さん、共犯だったんですか?」

「まぁな」

照れくさそうに頭を掻く手塚さん。

「いったい、いつの間に、そんな相談をしたんです?」

「肝試しの準備するんに、倉庫へ行ったやろ。あのときや」

そういえばあのとき、富田林先輩は「話がある」と言って手塚さんを残した。

あれ?

「手塚さんが土砂をかぶせたってことは……。そのとき一緒にいたQちゃんは……」

「当然、手伝いました」

Qちゃんが口を挟んだ。

「富田林さんが死んでないのは知ってましたから。森永さんが慌てふためくのがおかしくて——。笑ってるのを見られないように苦労しました」

わたしは、記憶を早戻しする。Qちゃんは、顔を膝に埋めたりハンカチで隠したりして、見せないようにしていた。しゃくり上げて泣いてるようだったが、笑いすぎて苦しかったの？

「でも、祠のところに行ったら、富田林先輩が大岩の下にいて驚いたでしょ？」

わたしが言うと、首を横に振る。

「朝、手塚さんから計画を聞いてましたから、驚きませんでした」

……朝？

また記憶を早戻しして、一時停止。路地の奥で話してる手塚さんとQちゃん。

――そういうことだったのね……。

さっきまで、わたしを騙していたことへの怒りが消えていくのを感じる。

富田林先輩が、口を開く。

「ぶっちゃけるとな。今回のリーディングに関して、おれは上層部からリーディング以外の命令を受けとったんや」

「なんですか、その命令って？」

「『あなたと二人組』の呪いを解いて、普通にリーディングできるメタブックにすることや。会社の上の方は、ライターでもエディターでもないおれが、一番動きやすいと思たんやろな」

胸を張る富田林先輩。

「そやけど、困ったで。呪いを解けって言われても、具体的に何をしたらええんかわからん。会社は、『細かいことは任す』て丸投げやし」

「酷い話ですね」

「そやけどな、会社もちょっとは考えてくれてるんやで。おれが呪われんように、呪われ役も配置してくれたしな」

呪われ役？　わたしの耳が、ピクリと動く。

「それって、L1課の仕事なのに、なぜか助っ人として命じられたM0課の人間のことでしょうか？」

富田林先輩が、微笑む。今までに見たことのないような、やさしい笑顔だ。

手塚さんが、わたしの肩をポンと叩く。

「そんなに怒るな。森永は呪いなんか信じてないから平気だろ」

「そういう問題じゃありません！」

「森永だって、おれを人身御供にしようとしたじゃないか！」

「過去は忘れました！」

「会社にも、言い分はあるぞ。いったん採用してしまった以上、簡単には馘首にできない。せめて亡き者になってくれたらと思って、森永に助っ人を命じたんだ」

全然、納得できない！　ってか、納得できるわけない！

ギャオギャオと暴れるわたしを、手塚さんが羽交い締めにする。

あれ？

「そういえば、どうして手塚さんは助っ人に来たんです？　命令ですか？」

「おれは、自分から希望した」

「…………」

わたしの体から、力が抜けた。手塚さんも、わたしを解放する。

「ひょっとして、わたしが心配だったとか？」

手塚さんの顔を覗きこむようにして訊いた。

「おれは、石上さんに恩がある。彼女が『あなたと二人組』のリーディングをやるときは、絶対に助けようと思っていた」

「それだけですか？」

「あと、森永を一人で助っ人にやって、何かあったらM0課として責任取らなきゃいけないからな。余分な仕事は増やしたくない」

……まぁ、いいか。

わたしの中から、怒りは消えていた。

富田林先輩に訊く。

「でも、そんな命令が出ていたのなら、どうしてわたしにも教えてくれなかったんですか？」

「森永、すぐ顔に出るやろ」

うう……。隠し事のできない素直な性格をしてますから、仕方ない。

わたしは、話を戻す。

「それで、呪いを消すために、富田林先輩は何をしたんです？」

わたしの質問に、富田林先輩は腕を組む。

「もし呪いが本物なら、おれにはなんもでけへん。呪われ役に任せて、ばっくれるしかない。やけど、犯人がリーディングを邪魔するために、呪いを利用しとるとしたら、打つ手はある。『目には目を歯には歯を』作戦や」

はんむらび？

「おれも妨害工作をするんや。そしたら、犯人も何が起こっとんのかわからんで、焦ってシッポを出すかもしれんやろ？」

「…………」

いいのか、そんな作戦で？

だいたい、妨害工作する人間が二人になったら、迷惑が倍になるだけのような気がする。

困惑しているわたしを見て、富田林先輩が訊いてくる。

「ほな、森永には、なんかええ考えがあるんか？」

「…………」

三分考えて、わたしは頭を下げる。すみません、何も思いつきません。

「フッ」

富田林先輩が、鼻で笑って続ける。

「まぁ、おれも偉そうにしとるけど、たいしたことはよう考えんかった。せいぜい、脅迫文を村中に貼ることぐらいや」

聞いていたわたしは、ポンと手を打つ。

「『村から出て行け』の紙を貼ったのは、先輩だったんですか」

「そやで」

そして、富田林先輩は、脅迫文を貼るのにどれだけ苦労したかを話してくれた。

前々日の宴会。先輩は、飲みつぶれたふりをして、わたしたちの前から早々に姿を消していた。また、飲み物には、眠くなる成分の薬を入れて、みんなを眠らせた。

一人になると、カメラに気をつけながら倉庫に行き、脅迫文の束《たば》を出した。

「そういや、森永と手塚が、カメラに綿菓子みたいなもんが写ったって言うとったやろ。あれの正体は、倉庫の中にあった織姫の布や。着いた日にいろいろ準備をするんに、倉庫のシャッターを開けたとき、風で吹き飛んだんや」

わたしと手塚さんは、目を合わせる。一生懸命調べていたものが、風で飛ばされた布だったとは……。

「まぁ、効果はあったな。おれがいろいろ動いたおかげで、橋川を捕まえることができた。陰で動いていた登呂井隻も、おれらが何をやってるのか気になって、姿を見せた」

登呂井隻……。

富田林先輩の表情が曇る。

「そやけど、大怪我するような状況になったんは、完全なミスやな」

先輩に言われ、わたしは頭を下げる。その頭を、富田林先輩がポンポンと叩く。

「幸いなんは、リーディングが続けられることや。石上女史は入院しとるけど、安心して休めるように、おれらで頑張ろうやないか!」

手塚さんとQちゃんが、大きく頷く。

「ほな、明日の朝、夜明けとともにリーディングを始めるで」

富田林先輩が、元気に言った。みんなの間に、全てが片付いたような雰囲気が流れている。

でも、みんな、忘れてないだろうか?

それは、石上さんが意識をなくす前に言った言葉――「まだ、呪いは消えていない」。

第八章

エディター、リーディングを始める　そして――

「あの、えっと……」

　庭に集合したわたしたちを前に、Qちゃんがもじもじしている。

　石上さんが入院している以上、L1課の人間はQちゃんだけ。必然的に、彼女が、リーディングのリーダーになる。

「いろいろありましたが、リーディングを始めたいと思います。しかし――」

　タブレットをペタペタと触るQちゃん。

「時間が限られています。『あなたと二人組』を全てリーディングするのは不可能です。もし、北野様のお許しが出るのなら、部分的にリーディングを行いたいのですが、いかがでしょうか？」

「ふむ……」

　北野さんが、回していたハンディカメラを置いた。

「わたしは、ここまで撮った映像で、十分満足しています。しかし――」

　永恋ちゃんを見る。

「ディリュージョン社の方々が、せっかく準備してくださったものを無駄にするのは意に反します。それに、わたしが撮影した映像だけでは、粟井永恋という女性の魅力を最大限に引き出しているとはいえません。ここは、ぜひお願いしたいですね」

「ありがとうございます」

Qちゃんが、頭を下げた。続いて、メタブックの目次をタブレットで確認する。

「時間的に可能なのは、第一章と第四章、最終章ですね」

「もし、二時間お時間をいただけるのなら、おれが全編をダイジェストで書き直します。流し読みになりますが、いかがです？」

手塚さんが口を挟んだ。

「どこをリーディングしたいちゅうても大丈夫やで。石上女史のおらんぶんは、おれがフォローしたるでな」

富田林先輩も言う。

えーっと……。わたしも何か言わなければいけない雰囲気なんだけど、なにを言えばいいのか……。

「がんばりまっす！」

わたしは、拳を握りしめて言った。

しばらく考えて、北野さんが答える。

「お腹が空いているので、第四章をお願いします」

それを聞いて、わたしは小声で手塚さんに質問する。

「第四章をリーディングすると、お腹が一杯になるんですか？」

「千晶が冬樹に桜餅を作ってやるシーンがあるんだよ」

なんですと！

桜餅という言葉が、頭の中をパレードする。

よっし、頑張ろう！


「お邪魔します」

神霜家の玄関を開け、北野さん——川上冬樹が家の中に声を掛ける。

「お待ちしてました」

粟井永恋——神霜千晶が中から出てくる。

「どうぞ、お上がりください」

北野さんは、よくテレビに出ているし、永恋ちゃんはアイドル見習い。リハーサルなしのリーディングでも、見事に役になりきっている。

その様子を、目立たないように富田林先輩が撮影している。

アクターの演技指導ができる先輩は、どんな角度で撮影したらいいか感覚的にわかっている。カメラマンとしては、最適だ。

他の撮影は、家の中に設置された多くのカメラ。家具や置物にカモフラージュして、目立たないようにしてある。

富田林先輩は、それらのカメラに入らないよう注意深く移動しながら、撮影を続ける。

わたしと手塚さんは、屋根裏に作られた秘密の小部屋で、カメラからの映像をチェックしている。

壁際には、十六台のモニタが、横に四列、縦に四列積まれている。居間を映したモニタには、座卓を挟んで座ってる二人が映っている。富田林先輩は、写り込んでいない。カメラの死角で撮影を続けている。

「メタブックでは、このあと、千晶が桜餅を作りに台所に行く。その間、冬樹は千晶のアルバムを見せてもらっているというシーンだ。──聞いてるか?」

手塚さんの話に、ハッと目を覚ます。あまりに展開が退屈なので、少し居眠りしていたようだ。

「すみません、頑張ります」

わたしは、口元の涎《よだれ》をぬぐい、モニタを睨み付ける。

手塚さんが、タブレットを操作して、進行をチェックする。

「時間がないので、桜餅を作るのはカット。もうすぐ、作ってあった桜餅を千晶が台所に取りに行く流れだ」

「桜餅の用意は？」

「今、九さんが急ピッチで作ってる」

そのとき、わたしのスマホにQちゃんから連絡。

「森永さん、ヘルプ頼みます」

読み終わると同時に、わたしは屋根裏を出る。音がしないように階段を下りる。居間の横を通らないように裏庭へ出て、玄関の右にある台所に入る。

「こっちを丸めてください」

Qちゃんが指さす先には、小分けされた桜色の餅とあんこ。わたしは、餅の中にあんこを入れ、丸める。

コロコロした小ぶりの桜餅。それを、Qちゃんが塩漬けにした葉っぱで巻いていく。

わたしたちは、無言で作業を続ける。

できあがった桜餅を、二枚の角皿に五個ずつ盛りつける。一口サイズの桜餅が並んでる様子が、とてもかわいらしい。仕事中じゃなければ、写真に撮りたいぐらいだ。

お盆に皿を載せ、ふきんを掛ける。作業終了！

Qちゃんと、台所を写してるカメラの死角に行き、しゃがむ。

ほぼ同時に、永恋ちゃんが台所に入ってきて、お盆を持って行く。

ギリギリセーフ！

わたしとQちゃんは、音がしないように、ハイタッチ。

「ホッとしたら、お腹空いたね」

わたしは、桜餅を二つ持ち、一つをQちゃんにわたす。

「Qちゃんは、桜餅の葉っぱを剝《む》く派？　それとも、一緒に食べる派？」

「わたしは、剝きますね」

「そうなの？　もったいない。葉っぱの塩味が、桜餅の味を一層引き立てるのよ」

わたしは、桜餅を口に放り込もうとして、手が止まる。よく見ると、巻いてある葉が、桜の葉じゃない。

「Qちゃん、この葉っぱ……？」

「庭のアジサイの葉よ。メタブックに書いてあったでしょ。桜の葉の塩漬けがなかったので、千晶は庭のアジサイの葉を使っ――」

Qちゃんの説明を、全部聞いていなかった。

彼女に渡した桜餅を、床に叩き落とす。

「なっ、なにをするんです」

ビックリするQちゃん。悪いけど、説明してる時間はない。

冷蔵庫を開けて、自分用に冷やしておいた緑茶を、ガラスコップに入れる。次に、柱に掛けてある割烹着《かっぽうぎ》を着る。そして、お盆にガラスコップを載せて居間に向かった。

「失礼します」

部屋の前で、広縁に膝を突き、障子戸《しょうじど》を開ける。

室内にいた三人——北野さん、永恋ちゃん、富田林先輩が、驚く。

北野さんと永恋ちゃんは、「どうして、メタブックにない出来事が？」という顔をする。富田林先輩にいたっては、「このリーディング、失敗や！　違約金の発生や〜！」という顔だ。

しかし、北野さんはリーディング中ということをすぐに思い出し、笑顔で永恋ちゃんに訊いた。

「こちらの方は——」

永恋ちゃんが、答えに詰まる。アドリブで返せるほど、彼女には経験がない。

場に不自然な空気が流れないうちに、わたしは頭を下げる。

「新しい家政婦の、森永美月と申します。お茶をお持ちしました」

永恋ちゃんが安心した笑顔を、わたしに向ける（カメラの死角では、富田林さんも胸をなで下ろしている）。

「ありがとう、森永さん。気が利くわね」

「いたみいります」

居間に入り、北野さんの前にコップを置く。続いて、永恋ちゃんの前に置こうとしたとき、わたしは盛大に手を滑《すべ》らせる。

「ああ〜!」

コップの中の緑茶が、座卓の上に置かれた桜餅に、バシャバシャかかった。

「森永さん、何をするの!」

叫ぶ永恋ちゃんに、

「いたみいります」

頭を下げて、わたしは桜餅の角皿をお盆に回収する。

そして、広縁に出ると、また頭を下げる。

「いたみいります」

そして、障子戸を閉めた。


台所に戻らず、屋根裏へ。

モニタの前には、腕を組んで仏頂面の手塚さんがいる。

「森永、何を考えてるんだ! リーディングをぶちこわす気か!」

「いたみいります」

いや、もう家政婦さんの真似《まね》をしなくていいんだ。

わたしは、手塚さんに桜餅を見せる。

「なんだ？　食えって言うのか？」

手塚さんが、桜餅を口に入れる。

「食べちゃダメです！」

わたしは、手塚さんの横面を、思いっきり叩く。口から飛び出し、壁に張り付く桜餅。頰を押さえてキョトンとしている手塚さんに、残った桜餅を見せる。

「これ、桜の葉じゃなく、アジサイの葉が巻かれています」

「それがどうかしたのか？」

「…………」

あれ？　これって、一般的な知識じゃないの？

「アジサイの葉には、毒があるものがあります。わたしは、小さいときから食べるなと言われてます」

「え？」

桜餅……いや、アジサイ餅を見る手塚さん。何かを思いついたのか、ＵＳＢメモリとタブレットを出し『あなたと二人組』を読み始める。

わたしがそばにいるのも忘れ、一心不乱に読む。

しばらくして、タブレットから顔を上げる手塚さん。

「ああ……そういうことだったのか」

手塚さんが呟いたとき、Qちゃんが屋根裏にやってきた。

「ご苦労様です。今、第四章のリーディングが終わりました」

手塚さんに言った後、わたしを見る。

「さっきの森永さんの行動、理由を説明していただけますか?」

普通の口調だが、あきらかに怒ってる。そりゃ、リーディングを壊しかねないことをやったんだから、当然と言えば当然だ。

「あれはね——」

わたしが説明しようとしたとき、手塚さんが、わたしを背後に回す。

「森永は、L1課のリーディングを救ったんだ、怒らないでやってくれ」

「救った?」

首を捻るQちゃんに、手塚さんが口を開く。

「そして、『あなたと二人組』の呪いも解けた」

「それは、本当ですか?」

手塚さんは、大きく頷く。

「わかりました」

Qちゃんが、わたしと手塚さんを見て言う。

「この後のリーディングを、中止します。『あなたと二人組』の呪いが解けたのを確認し、その後の対応を決めます」

その姿には、リーディングリーダーの風格がある。

「手塚さん、よろしくお願いします」


八畳の居間。座卓も取り除かれ、ガランとした空間に、六人の人間が集まった。

みんな座ってる中、一人立っているのが手塚さんだ。

その手塚さんに、富田林先輩が訊く。

「ほんまに、呪いは解けたんやな？」

「はい」

「期待しとるで」

北野さんは、ワクワクした様子で、ハンディカメラを回している。リーディングをしていたときより、楽しそうだ。

わたしは、気になって訊いた。

「超常現象のＤＶＤを撮ってる北野さんには、呪いが解けない方がいいんじゃないですか？」

「呪いが解けたら解けたで、いいんです。タネ明かしの映像も、評判がいいんですよ」

つまり、おもしろかったらなんでもいいってわけか……。

その横に、永恋ちゃんは静かに座っている。気分は良さそうだ。

「森永――」

手塚さんが、わたしを見る。

「おまえも、『あなたと二人組』の呪いが何かは、わかってるんだな」

「ある程度は――」

偉そうに言ったけど、わたしがわかってるのは、メタブックに出てくる桜餅は危険だということぐらいだ。呪いが何かなんて、全然わかってない。

でも、正直に言うのは悔しいので、「わかってますけど、何か？」という表情をキープする。

「じゃあ、間違ってるところがあったら指摘してくれ」

そう言う手塚さんに、わたしは無言で敬礼を返す。

手塚さんが、大きく深呼吸する。

「さて――」

「最初に確認しておきますが、普通の本とメタブックは違います。普通の本は、閉じれば、そこで物語世界は終わります。殺人鬼に追われる場面を読んでいても、危険はありません。殺人鬼がナイフを振りかざしても、本を閉じれば、読者は安全な現実世界に戻れます。しかし、メタブックは違います。物語世界が現実なのです。そのことを、我々ライターは忘れてはいけないのです」

手塚さんの話を聞いて、わたしは新入社員研修で習ったことを思い出した。

小説とメタブックの違い、作家とライターの違い。エディターは、メタブックを読むとき、その点を注意して読まなければならない。

「次に、登呂井隻についてです」

手塚さんが、わたしを見る。

「登呂井隻がどういう人物だったか、森永が石上さんから聞いた話を、みんなにしてくれ」

言われるまま、わたしは話す。

登呂井隻と石上さんが、同級生だったこと。登呂井隻はペンネーム。学生時代のペンネームは登呂井芽来、本名は普通の名前で、〝山ちゃん〟と呼んでること。

石上さんが登呂井隻の才能を認めていたこと、自分の才能の限界のこと。

登呂井隻の性格――やってはいけないことをやってしまう難儀な性格のこと。

石上さんの親友と登呂井隻がつきあっていたこと。親友は、登呂井隻と結婚する前に亡くなったこと。

思い出せるまま、わたしは話した。

手塚さんが、充分だというように頷く。

「彼のメタブックを読んで、おれは思いました。登呂井隻は、確かに優秀なライターです」

その言い方の裏には、「おれの方が優秀だけどね」という気持ちが見え隠れするのは、わたしの気のせいだろうか。

「ただ、残念なことに、文章に比べてトリックがつまらない。わかりやすい点では評価は高いがもったいないことです。どんな腕のいい料理人でも、素材が悪ければ、良い料理ができない――それと、同じです」

聞いていて、わたしは違和感を覚える。

――手塚さんは、いったい何を言いたいんだろう？

「トリックが出てこないメタブックは、素晴らしい作品です。なのに、どうして彼はレベルの低いトリックを使ったのか？　このとき、ある考えが浮かびました。ひょっとして、一連のトリックは、登呂井隻が考えたものではないのではないかと――」

えー！

じゃあ、誰が考えたっていうの？

えっ……まさか……。

「石上さんが、考えたっていうんですか？」

Qちゃんが、わたしと同じ疑問を訊いた。

うなずく手塚さん。

「いや、それはないやろ。根拠のない妄想とちゃうか？」

「そうですよ。あまりに想像力が暴走してます。もっと、現実的に考えないと――」

富田林先輩に続いて、わたしがやれやれと肩をすくめる。その動作にカチンと来たのか、手塚さんがわたしを見る。

「登呂井隻の〝隻〟という文字――。その意味を知っているか？」

いきなり漢字テストですか！

「えっと……。風邪をひいたとき、口から出るやつのことですよね？」

「おもしろくないボケだな」

まぁいいと言うように、手塚さんが手を振る。

「〝隻〟には〝組になったものの片方〟という意味がある。登呂井隻には、自分一人で作品を書き上げているという意識はなかった。トリックやストーリーを石上さんからもらい、自分が文章を書く。自分は、二人組の一人――そういう思いから、ペンネームを登呂井芽来から登呂井〝隻〟に変えたんだ」

「考えすぎじゃないですか？」

「森永は、ライターの気持ちがわかってないな」

手塚さんが指をチッチッチと振る。

「この気持ちがわからないと、エディターとして一人前になれないぞ」

超上から目線で言った。

そして、わたしの相手はしてられないというように、咳払《せきばら》いを一つ。

「話を続けます。登呂井隻は、M0課でミステリーのメタブックを書き続けました。おれも、M0課のライターです。もっとも気をつけているのは、リーディングの時に顧客《リーダー》の安全が脅かされないようなものを書くということです。絶叫マシンは、安全が保証されているから、みんなが楽しめる——それと同じです」

さすが、長年ライターをやってる手塚さんだ。

「しかし——」

手塚さんの顔が怖い。

「創作の神が微笑むのか悪魔が囁くのか、すごいトリックを思いつくことがあります。これを使えば、誰にもわからず人を殺せる。完全犯罪が行える——そんなトリックです」

「………………」

「もちろん、そんなトリックは忘れるようにします。おれは、殺人鬼ではありません、ライターです。ライターとしての誇りを持っています。でも、登呂井隻は、違ったようです」

わたしは、石上さんから聞いた話を思い出す。登呂井隻は、やってはいけないと思っているることを、やってしまうと――。

「そんな話は書いてはいけないのはわかってるのに、登呂井隻は書いてしまいました。それが、『あなたと二人組』です」

「おい、ちょ、待てや手塚。『あなたと二人組』は、ミステリーやないで。恋愛小説や。トリックとか関係あらへんやろ」

富田林先輩が口を挟むが、手塚さんは無視して続ける。

「大変なことをしてしまったと感じた登呂井隻は、責任を取ろうと、死を決意しました。しかし、自分が死ねば、『あなたと二人組』のリーディングを止められない、人死にが出る――。だから、自殺したことにして姿を消し、リーディングが行われそうになると幽霊のように現れて妨害したのです」

ここで、手塚さんは、大きく息を吐いた。

「ライターにとって、メタブックは子供のようなものです。自分の存在を社会的に消すことはできても、『あなたと二人組』を捨てることはできなかった」

その気持ちは、よくわかるというように、手塚さんが一つ頷く。悪いけど、わたしには理解できない。

「エディターとして『あなたと二人組』を読んだ石上さんも、登呂井隻の気持ちがわかったのでしょう。二人は、リーディングが行われないように、『あなたと二人組』は呪われているという噂を流しました」

「ちょっと待った。石上女史も、登呂井隻の仲間やったんか？」

富田林先輩が、口を挟んだ。

手塚さんが、うなずく。

「二人が共謀していたと考えると、全てが説明できるんです。例えば、おれがまだL1課にいたときに、幽霊のような登呂井隻がやってきました。あのときも、石上さんが電気を消したりして協力しました」

Qちゃんが手を挙げる。

「心霊写真が撮れたのも、石上さんがやったんですか？」

「そうだ」

手塚さん、少し哀しそうだ。

「あのとき、部屋のセッティングをしたのは石上さんだ。観葉植物を配置したりして、いい雰囲気を演出していた。心霊は、その観葉植物のところに現れたんだったね」

「なんや、部屋のセッティングするんに、幽霊も一緒に持ってきたって言うんか？」

富田林先輩が、茶化《ちゃか》すように言った。

「先輩は、シミュラクラ現象を知ってますか？」

手塚さんの質問には、首を横に振る。

「逆三角形に並んだ三つの点があると、人の目は、それを顔のように認識してしまう現象のことです。壁の染《し》みを見ていたら、それが人の顔に見えた経験は、誰にでもあると思います。石上さんは、その現象を利用したんです」

「どうやって？」

「観葉植物の葉を刈り込み、窪《くぼ》みを作ったんです。葉が茂ってるので、普通に見てもわかりにくいですが、光の当て方で穴に見えるように——」

わたしと手塚さんは、心霊写真を見ていない。見せてほしいと言ったら、石上さんは、怖いから消したと言った。あれは、わたしたちに心霊写真を調べられたくなかったからだ。

「石上女史のスマホに、登呂井隻から電話があったやんか。そやのに、履歴が残ってなかった。あれは、なんなんや？」

「簡単な話です。電話は、かかってなかったんです」

手塚さんが言うと、富田林先輩は鼻で笑った。

「何言うとんのや？　あのとき、おまえも一緒にいて、着信音が鳴るのを聞いたやんか」

「あれは、着信音を録音した音楽ファイルを再生しただけです」

「画面には、『着信　登呂井隻』って出たんやろ？　森永が見てるで」

わたしの名前が出たので、わたしはうなずく。

「着信画面を撮影した画像ファイルを表示しただけです」

「………」

富田林先輩が、沈黙した。

「手塚さんは、いつわかったんですか？」

Qちゃんが訊いた。

「あのとき、可能性としては考えた。森永が、スマホを詳しく調べようとしたら、石上さんがすごく嫌がっただろ。あまりに嫌がるので、変だなと思ったんだ」

そういや、あのとき手塚さんに手刀を落とされた。あの脳天の痛み、忘れないからね。

手塚さんは、誤魔化すように咳払いをしてから、話を続ける。

「登呂井隻は、おれたちより先に水分村に入ると、リーディング妨害の準備にかかりました。まさか、橋川みたいなのがいて、猟銃で撃たれるとは思ってなかったでしょうがね」

「それにしても、登呂井隻は、うまいこと隠れとったもんやな。手塚も森永も、ずいぶん捜したのに、痕跡も見つけられんかったんやろ。いったい、どこに隠れとったんかな……」

呟く富田林先輩。

今のわたしなら、わかる。

「ここの管理人室ですよ」

驚く先輩。

「管理人室って——石上女史の部屋か！」

「ええ。心理的盲点です」

富田林先輩が、溜め息とともに言う。

「石上女史と登呂井隻。あと、村を買い戻したい橋川。そして、おれ。——リーディングを妨害しようという連中が三組もおったんか……。ようまぁ、ちょっとでもリーディングができたもんや」

言われてみたら、確かにその通りだ。

わたしは、自分の運の良さに感謝する。

手塚さんが、大きく息を吸う。

「さて、いよいよ『あなたと二人組』の呪いについて、お話ししましょう」

「一度読んだだけでは、気づきませんでした。しかし、視点を変えて読み直したとき、恋愛小説だった『あなたと二人組』が、まったく違う一面を見せてきたのです」

「……………」

「簡単に言うと、『あなたと二人組』の呪いとは、リーディングをすれば死人や病人、怪我人が出るということです」
みんな、静かに手塚さんの話を聞いている。

「現実世界で物語を体感する――これがリーディングです。登呂井隻は、そこにトリックを仕掛けたのです」

「どういうことや？」
富田林先輩が訊いた。

「さっき森永が、桜餅を食べさせないように邪魔しましたよね？」

「ああ、ビックリしたで。なんとかアドリブで切り抜けたけどな。あと、森永！　おまえ、『いたみいります』の使い方、おかしいで」

「いたみいります」
わたしは、家政婦さんの口調で答えた。
手塚さんが続ける。

「おれには、そっち方面の知識がないのですが、アジサイの葉には毒があるそうです」
詳しく説明しろという感じで、手塚さんがわたしを見る。

「品種や個体によって毒があったりなかったりしますが、はっきりわからない状態で口にするのは危険です。嘔吐《おうと》や痙攣《けいれん》、めまい、呼吸麻痺《まひ》、昏睡《こんすい》などの症状が出たりします。アジサイの葉をかじった犬や猫が死んだ例もあります。また、料理の皿に添えられた葉を食べて、集団食中毒が起きたこともあります」

「………」

「とにかく、わたしは小さいときから、アジサイの葉を食べるなと教えられました」

「……おまえ、よっぽどなんでも食ったんやな」

富田林先輩の、呆れた声。

北野さんと永恋ちゃん、Qちゃんは、青ざめている。まさか、アジサイに毒があるなんて、思ってもいなかったのだろう。

手塚さんが、口を開く。

「『あなたと二人組』には、他にも植物を口にする場面があります。第五章で、庭でバーベキューをしますが、そのとき、竹串《たけぐし》が足りなくなって庭のキョウチクトウの枝を使っています」

手塚さんに続いて、わたしは言う。

「キョウチクトウには、葉や花だけでなく、果実や根、そして生えている周りの土、キョウチクトウを燃やした煙にも、心不全などを引き起こす成分が含まれています。アジサイよりも、危険です」

「第三章のデートシーンで、二人が山にキャンプに出かけます。このとき、冬樹は道沿いに生えている葉を使って草笛を鳴らします」

「手塚さんに訊いたのですが、そのときの植物の名前は書かれていませんでした。しかし、この山の道には、たくさんドクウツギが生えています。ここで、第三章をリーディングした場合、草笛にドクウツギの葉を使う確率は高いでしょうね。そして、この山にセットを組むように、登呂井隻から指示が出ている……」

「そのドクウツギという植物は、毒があるんですか？」

Qちゃんからの質問。

「ドクゼリとかトリカブトに猛毒があるのは知ってる？」

わたしが訊くと、Qちゃんはうなずいた。

「その二つとドクウツギで、日本三大有毒植物と言われてるわ。ドクウツギの毒は即効性があって、食べたらすぐに痙攣や呼吸困難を起こすの。たくさん食べたら、死ぬわね」

聞いていたQちゃんの顔色が悪い。

「植物だけではありません。第一章——二人が出会う場面。街を歩いていた冬樹は、千晶とすれ違ったとき、一目惚《ひとめぼ》れします。千晶に見とれていた冬樹は、数歩歩いて電柱に体ごと激突します」

「電柱にぶつかるのは痛いけど、それほど危険やないやろ？」

「ええ。メタブックには、冬樹が鼻血を出すと書いてあります。そして、千晶がハンカチを貸し、二人は知り合うわけです」

Qちゃんが、首を捻る。

「あまりロマンチックな出逢いとはいえませんが、富田林さんの言うように、命の心配はないと思います」

手塚さんが、説明する。

「メタブックには、千晶にライターを持ってないか訊くと書いてあります」

「ひょっとして、タバコは体に悪い、肺ガンになるとか言うんやないやろな?」

富田林先輩が、鼻で笑った。

「冬樹は、ずぼらな性格という設定です。タバコはケースに入れず、一本ずつバラバラのままポケットに入れています。これは、冬樹の性格描写として、メタブックに書いてあります。また二人が出会ったのは、とても寒い日で、冬樹は押し入れから出してきたコートを着ています」

「それがなんや?」

「防虫剤のナフタリンを、ずぼらな冬樹は、まだ胸ポケットに入れたままなんです。これも、メタブック内に書いてあります」

聞いていたわたしは、ビクッとする。

「電柱にぶつかったとき、ナフタリンが砕けたら……。そして、砕けたナフタリンがタバコの吸い口に付いたら……」

ナフタリンは、舐めたぐらいでは症状が出ないかもしれないが、飲み込むと中毒症状を起こすことがある。

「メタブックに書かれていることを具現化すると、砕けたナフタリンがついたタバコを、冬樹が口にする確率はとても高いでしょう」

「まるで……冬樹を殺すために書かれたような話やな」

富田林先輩の感想に、手塚さんは首を横に振る。

「冬樹だけではありません。第二章の最初の方——冬樹からの連絡を待つ千晶は、風呂に入るときも携帯を持ち込んでいます。バッテリーが切れかけていたので、風呂場で携帯を充電ケーブルにつなぎます。そして、湯船に入っているとき着信があり、千晶は慌てて携帯に出ます」

「それが、どないしたんや?」

「メタブックに書かれてるのはそこまでですが、もし、慌てたアクターが充電ケーブルがついたままの携帯を湯船に落としたらどうなるか?」

「……感電死」

富田林先輩の顔色が変わる。

……聞いていると、気分が悪くなる話だ。

手塚さんが、わたしを見る。

「蜘蛛が密室のクローゼットに出るエピソードを話してやっただろ。覚えてるか?」

わたしは、当然だというようにうなずく。

「あのあと、千晶は思いっきり殺虫剤をまき散らす。そこへ、冬樹が来てタバコに火をつけたらどうなる?」

「……………」

「充満した殺虫剤に引火し、爆発する可能性がある」

「……………」

「他にも、ヘアカラーが口に入ったり、アルミホイルをかぶせたマグカップを電子レンジに入れたり、トイレ掃除の時に、カビ取り剤を使った直後にトイレ用洗剤を使ったり——そんな場面が、ゴロゴロ出てくる」

「それ、みんな危ないんですか? どれもこれも、普通に日常であるような場面ですよ。わたし、普通に読み飛ばしてましたけど……」

Qちゃんが訊いた。

「PPDという成分が入っているヘアカラーを飲むと、再生不良性貧血や腎臓《じんぞう》障害を起こしたり、全身の骨格筋細胞が壊れたりする。アルミホイルに電子レンジのマイクロ波を通すと、アルミホイル内に電流が発生する。このとき、アルミホイルにシワがあると、その部分にプラスとマイナスの電気が発生して放電し、火花が起こる。つまり、火事になる可能性がある。カビ取り剤は、その多くが塩素系。トイレ用洗剤は、酸性のものが多い。この二つが混ざると、有毒ガスが発生する。第一次世界大戦の時に化学兵器として使われていたぐらい、強力なガスだ」

日常生活に、こんなに危険が潜んでるなんて……。気をつけないと、わたしはすぐに死んでしまいそうだ。

手塚さんが、続ける。

「登呂井隻は、『あなたと二人組』の世界を消滅させてもいいと考えていたみたいです。最近は、あまり見なくなりましたが、猫避けに水の入ったペットボトルを置くのが流行《はや》ったときがありました」

わたしは、うなずく。

まだ小さかった頃、住宅の周りに並べてあるのを見て、なんであんなことをするのか不思議だった。

猫避けというのを聞いて、ますますわからなくなった。キラキラするのを見て、猫が逃げるというけど、雨や曇りの日は全く役に立たないし、猫は賢いからすぐに慣れてしまう。

そういえば、神霜家のベランダにも、水の入ったボトルが並んでいたっけ。

「あの猫避けのボトルは、太陽の光が当たったとき、ボトルがレンズの役目をして光を集めてしまい、火事になる可能性があるんです。現に、火事になった例は多くあります」

「…………」

「普通の本で、水の入ったペットボトルが出てきても、読者の家が火事になることはありません。しかし、メタブックは違います。顧客《リーダー》がリーディングをしている間に、火事が起こる可能性があるんです」

「…………」

「登呂井隻は、メタブックの特性を利用して『あなたと二人組』を書き上げました。ずっとミステリーを書いていた登呂井隻が、最後に恋愛小説を書いたと言われました。しかし、それは間違いです。『あなたと二人組』こそが、ミステリーなんです。しかも、リーディングをすれば人死にが出るような……」

わたしは、『あなたと二人組』の最後を思い出す。

今まで生きてこられたんだ。絶対に大丈夫。——そう思った。

この文に込められた意味を考えたとき、背筋がゾッとした。

手塚さんが、静かに息を吐く。

「これが、『あなたと二人組』の呪いの正体です」

しばらく、誰も何も言わなかった。

Qちゃんが、北野さんに向かって頭を下げる。

「リーディングしてはいけない『あなたと二人組』を提供したのは、ディリュージョン社です。申し訳ありません」

不備のあるメタブックを顧客《リーダー》に提供した場合、ディリュージョン社に全責任がある。そして、多額の違約金を払わなくてはならない。

「いえいえ。わたしは、十分楽しませてもらいました。とても満足しています」

笑顔で手を振る北野さん。

そして、申し訳なさそうに言った。

「あと、呪いについて手塚さんが話されたことは、今回の『やばいよやばいよ』には収録しないようにします。わたしのDVDで安易にネタバレさせてしまっては、『あなたと二人組』というメタブックに失礼な気がします」

「…………」

「今後も、『あなたと二人組』のリーディングを希望する顧客《リーダー》が現れるかもしれません。そのときは、安全を保証した上で、呪いの怖さを体験させてあげてください」

「北野様は、それでよろしいのですか？」

Qちゃんが訊いた。

北野さんは、大きく頷く。

「ええ。それに、今回の『やばいよやばいよ』には、粟井永恋さんの映像をたくさん入れます。購入者は、それだけで大満足ですよ」

聞いていた永恋ちゃんが、微笑む。水分村に来てから、一番の笑顔だ。

「ありがとうございます」

Qちゃんが、頭を下げる。

「いたみいります」

わたしが家政婦さんの口調で言うと、富田林先輩が、「今の使い方は、ＯＫや」というように、親指をグッと立てた。

こうして、『あなたと二人組』のリーディングは終わった。

登呂井隻と石上さんは、人死にが出ないよう、呪われるという噂を流し、『あなたと二人組』のリーディングをさせないようにした。――手塚さんの話は、とてもよくわかった。

ただ、わたしには一つ疑問が残っている。

登呂井隻は、なぜ『あなたと二人組』を絶版にしなかったのか？

『あなたと二人組』を書いたことは、何も悪いことではない。法律にも触れないし、倫理的にも問題じゃない。世間からも非難されるいわれはない。

リーディングを行って事故が起きたとき、責任はディリュージョン社にある。でもそれは、登呂井隻が、『あなたと二人組』について何も言わなかったからだ。

「すみません、『あなたと二人組』はリーディングすると危険なので、絶版にしてください」

上層部に、こう報告するだけで片付く話だ。

なのに、登呂井隻も石上さんも、超常現象に見せかけた騒ぎまで起こし、リーディングをさせないようにした。

なぜ？

手塚さんに訊いたら、

「ライターが、自分からメタブックを絶版にしてくれなんて、言うわけないだろ」

という、実につまらない答えが返ってきた。

仕方ないので、自分で考えた。

すると、わかってしまった。

同時に、手塚さんが解けなかった理由も、わかってしまった。

ENDING

「それでは、石上女史の退院と、見事にリーディングリーダーの代役を務めたQちゃんと、森永美月の勤続五ヵ月を祝して、乾杯！」

富田林先輩が、ジョッキを持った腕を突き上げる。

「乾杯！」

わたしたちも、ジョッキを持つ。

場所は、いつもの居酒屋。参加メンバーは、退院したばかりの石上さんにQちゃんというL1課メンバー。あとは、わたしと手塚さん、富田林先輩。

壁には、『祝！　石上女史退院！』と『祝！　九さんリーダー代役大成功！』、『祝！　森永美月勤続五ヵ月記念！』と、三枚の横断幕が張ってある。

店員さんやお客さんたちが、何事が起きてるんだという感じで、じろじろ見てきたりする。

「富田林先輩、これだけめでたいことが多いんですから、わたしの横断幕は外してもいいんじゃないですか？」

わたしが言うと、

「なに言うとんのや！　祝い事は、一つでも多い方がええんや！」

そして、わたしのジョッキに自分のジョッキをぶつけて、乾杯。

「あの、これも張っていただけますか」

Qちゃんが、バッグから恐る恐るという感じで、四枚目の横断幕を出す。『祝！　九瑠璃焼けぼっくいに火がつく！』と書かれている。

恐る恐る出した割に、なかなか盛り上げる内容の横断幕だ。

「おおー！　これはめでたい！」

富田林先輩が、さっそく人数分のジョッキを注文し、何度目かの乾杯。

「よかったね、Qちゃん」

わたしが声を掛けると、Qちゃんは、うれしそうに微笑む。

「この間、偶然、街で会ったんです。そのとき、わたしの様子が変わったって言われて……。リーディングリーダーを任されて、自分に自信がついたみたいです。彼にも、おおらかに接することができて……」

頬を赤らめるQちゃん。

なるほど。言われてみたら、確かに彼女は堂々としてるように見える。

「社会人になって、彼とうまくいかなかったのは、仕事への不安があったんじゃないかなと思います。うまく仕事ができるかどうかわからず、イライラして、彼といても楽しくなくて……」

そういうものなのか。勉強になる。

チラリと、手塚さんを見る。Qちゃんが、元彼と復縁したってことは、手塚さんは失恋……。

おかわいそうに。

わたしは、心の中で手塚さんに手を合わせる。ご愁傷様です。

石上さんが、Qちゃんに言う。

「彼氏を大事にするのよ。でないと、わたしみたいに、いつまでも独身《ひとり》でいることになるわ」

包帯を巻いた手で、ジョッキを持つ石上さん。とっても元気で、少しも痛々しさを感じさせない。

「お酒飲んでも、大丈夫なんですか？」

手塚さんが、心配そうに訊いた。

「大げさに包帯巻いてるけど、もう何ともないのよ」

そうは言うけど、石上さんも登呂井隻も、二日間意識が戻らなかったのだ。その割に外傷が少なかったのは、崖下に積もった木の葉や藪がクッションになったからだ。もう数メートル横にずれていたら、即死だったそうだ。

 メタブックはイメージです
ディリュージョン社の提供でお送りします

「ほんまに、運が良かったで。会社からも、お咎《とが》めなしやし——」

富田林先輩が、しみじみ言った。

意識が戻った石上さんと登呂井隻に、回復の状態を見ながら、ディリュージョン社は聞き取りを行った。

本来なら、リーディングを妨害するという、会社にとって重大な規律違反を犯した石上さんは厳しく処罰されるはずだった。

しかし、学生時代からの知り合いである登呂井隻に頼まれ、石上さんが断れなかった状況がわかると、処分は不問になった。

聞き取りに対して、登呂井隻が話したのは、石上さんに妨害をお願いしたことと、謝罪の言葉だけだったそうだ。

そんな登呂井隻を、ディリュージョン社は訴えることをしなかった。ライターとしての功績があるので、会社も何も言えなかったようだ。

そして、石上さんより早く回復した登呂井隻は、退院の許可が出る前に、病院を抜け出してしまった。現在、行方不明。

「九さんを始め、みんなには迷惑を掛けたわ。ごめんなさい」

石上さんが、頭を下げる。

「登呂井隻が書いたミステリーのトリック。あれらは本当に石上さんが考えたものですか？」

手塚さんが訊いた。

「ええ、そうよ。――そういえば和ちゃんは、トリックのレベルが低過ぎてどうしようもないって言ってたそうね。ごめんなさい」

石上さんの目が、ギロリと音を立てそうな感じで、手塚さんを見る。手塚さんは、ジョッキを持ったまま、体を小さくする。

「石上さんがリーディングの妨害をしてたのも、本当ですか？」

Qちゃんが訊いた。

「ええ……。会社からは、ずいぶん怒られたわ。本当に、ごめんなさい」

「登呂井隻が自殺してへんかったことは、最初《はな》から知っとったんか？」

富田林先輩が訊いた。

「はい。自殺騒ぎからしばらくして、連絡がありました。どうして、死んだことにしてるのか訊いても、とにかく、『あなたと二人組』を書いてしまったことを悔《く》やんでばかりで……。あとは、絶対にリーディングさせないように、と言いました。理由を訊いても、あれは呪われたメタブックだ、リーディングすれば不幸になると――」

「登呂井隻については、調査室の調べで、だいぶわかったことがあるで」

ジョッキを傾けながら、富田林先輩が報告する。

「失踪《しっそう》した後は、ゲームプランナーとして暮らしてたんや。結婚はしてないな。吉野《よしの》ガリーとかいう偽名を使ってたそうや。本名は——」

富田林先輩が言う前に、わたしは口を開いていた。

「山下《やました》ハルキか、山川《やまかわ》ハルキじゃないですか？」

「なんで、森永が知っとるんや？」

先輩の驚いた声。

石上さんも、目を丸くしている。

「山下春樹《はるき》だけど……。森永さん、どうして知ってるの？」

「それをお話しする前に、いくつか質問させてください」

わたしは、居住まいを正す。

「どうして、登呂井隻——山下春樹さんに、『あなたと二人組』を絶版にするよう言わなかったんです？ 絶版にすれば、リーディングを邪魔する必要もなかったじゃないですか」

「そんなの、何度も言ったわ」

石上さんの、怒った声が返ってくる。

「でもね、あの男は、人の言うことを聞かないのよ。とにかく、『絶版にはしない。リーディングもさせない』——この一点張り」

「そのあげく、わたしや会社に迷惑を掛けるだけ掛けて、病院から逃走。今度の今度こそ、絶交よ！」

怒りのオーラが、ビシビシと伝わってくる。

「絶交ですか？」

「そうよ。好都合なことに、行方不明になってるしね。これで縁が切れたと思うと、清々するわ」

ジョッキを一気に空ける石上さん。

わたしは、続けて訊く。

「どこへ逃げたか突き止めて、もう一度、入院しなきゃいけない目にあわせてやるんじゃないんですか？」

「なんで、わたしが、そんな面倒なことを！」

テーブルに、ジョッキを叩きつけるように置く。

「………………」

やっぱり、話しておいた方がいいみたい。

「山下春樹さんは、ラブレターを書くようなタイプですか？」

「う〜ん、そうねえ……」

考える石上さん。

「山ちゃん、恥ずかしがり屋だから……。書くことは書いても、なかなか手渡せないんじゃないかしら」

「もし、それを第三者が読もうとして、奪ったら?」

「それはもう、大騒ぎ! 命に代えても、取り返すわ。山ちゃんは、そういう人」

これで、知りたいことは全部わかった。

わたしは、一つうなずき、石上さんに言う。

「先日、手塚さんは、『あなたと二人組』こそがミステリーだといいました。確かにそうだと思います。でも、やはり『あなたと二人組』は恋愛小説なんです」

手塚さんが、「何を言ってるんだ、森永? 頭は大丈夫か?」という目を向けてくる。

わたしは、指を一本伸ばして、みんなを見る。

「今から、それを証明してさしあげましょう」

言いにくい台詞を、舌を噛まずに言うことができて、ホッとする。

「では、話をする前に、飲み物の補充をしておきましょうか」

わたしは、店員さんに人数分のジョッキを注文する。

届いたジョッキを半分ほど飲んでから、わたしは口を開く。

「手塚さんは、登呂井隻のミステリーは、トリックのレベルが低い。そしてそれは、石上さんが考えたトリックだからだと言いましたよね？」

うなずく手塚さん。すぐに石上さんの視線に気づき、体を小さくする。

「不思議に思いませんか？　どうして、登呂井隻は、レベルの低いトリックを使い続けたのでしょうか？」

わたしの疑問に、みんながハッとした顔をする。

「トリックを使わなければ、登呂井隻は良質のメタブックを書くことができる。なのに、なぜ登呂井隻は石上さんから与えられるトリックを使い続けたか？」

わたしは、手塚さんをビシッと指さす。

「そこに愛があるからです！」

石上さんを含め、キョトンとしてる顔が並ぶ。

「考えすぎじゃないか？」

「手塚さんは、恋心がわかってませんね」

だから、この謎が解けなかったのよという気持ちを隠し、わたしは、指をチッチッチと振る。

「この気持ちがわからないと、手塚さんは一生結婚できませんよ」

超上から目線で言ってやった。

わたしに殴りかかろうとした手塚さんは、富田林先輩に羽交い締めにされる。身の安全を確認してから、わたしは話を続ける。

「登呂井隻は、石上さんを愛しています。でも、その気持ちを表現できない」

「どうしてです？　好きなら好きって言えばいいじゃないですか」

首を捻るQちゃん。

「それは、登呂井隻が石上さんの親友と結婚寸前までいったからよ。彼女が亡くなり、いつしか登呂井隻は石上さんを好きになった。でも、その気持ちを表すことは、彼女を裏切ることになる——義理堅い登呂井隻は、そんな風に思い込んでしまったの」

話しながら、石上さんを見る。何か、ジッと考えている。思い当たることが、あるのだろう。

「でも、石上さんへの気持ちは募《つの》る。我慢できなくなった登呂井隻は、自分の気持ちを『あなたと二人組』に書いたのです」

「…………」

「つまり『あなたと二人組』は、登呂井隻から石上さんへのラブレターなんです」

「あのな、森永……」

頭をガシガシ掻きながら、富田林先輩が口を開く。

「『あなたと二人組』が、登呂井隻のラブレター……。おもしろい考えや。それやと、『あなたと二人組』を絶版にしなかった理由がわかる。大事なラブレターやもんな、絶版にはでけへん。かというて、リーディングされて第三者に読まれるのも困る。そんなん、落としたラブレターを掲示板に貼られるようなもんやからな」

ここで、先輩は言葉を切った。

そして、優しい口調で話し始める。

「やけど、やっぱり森永の考えすぎのような気もするんや。だいたい、石上女史がラブレターやと気づいとらんやんか」

「………………」

「渡された相手が、ラブレターやと思てへんのやったら、それはラブレターやといえへんやろ」

「わたしも、そう思います」

こう言ったのは、Qちゃんだ。

「ラブレターって、もっと純粋なものです。自分の気持ちを込めるべきものであるラブレターと、リーディングすると事故が起きる『あなたと二人組』を一致させる感覚が、理解できません」

「あっ、それ……おれは、少し理解できるな。ライターって、そんな子供みたいなところがあるからな」

手塚さんが、片手を挙げた。うん、彼の言葉には、とっても説得力がある。

わたしは、富田林先輩に言う。

「わたしたちには違和感があるかもしれませんが、登呂井隻は『あなたと二人組』をラブレターとして書きました」

「証拠は？」

「名前です。登呂井隻は、『あなたと二人組』の登場人物に、自分と石上さんを重ね合わせていたのです」

わたしは手帳を出し、『石上千登勢』、『神霜千晶』と書く。

「『あなたと二人組』のヒロイン――神霜千晶の名前を見たとき、違和感を覚えました。相手役の名字が川上なのに、神霜では派手すぎるんじゃないかと思ったんです」

「……本を読まない森永は、そんな風に感じるのか」

ボソッと手塚さんが呟くが、無視。

「ひょっとすると、『神霜』には、何か意味があるんじゃないのか？　そう考えて、わかったんです。神霜は、石上から作った名前だったんです」

「…………」

まったくわからないという顔をしているQちゃんに、わたしは握った拳を見せる。

「これ、ジャンケンのグー。他の言い方では、なんて言う？」

「『石』です」

「じゃあ、これは？」

わたしは、拳を開く。

「パー。他の言い方では『紙』です」

わたしは、手帳に『紙』と書き、また質問する。

「『上』の反対は？」

「『下』です」

『紙』の次に『下』と書く。

「『紙下』では、名字らしくありません。そこで、『紙』を『神』の字に変え、『下』を『しも』と読み替えて『霜』にし、『神霜』という名字が生まれました」

「『千登勢』は、同じような意味で『千晶』にしたわけか……」

富田林先輩が、感心したような声を出す。

「同じように考えて、『川上冬樹』という名前から、登呂井隻の本名が『山下春樹』ではないかと思ったんです」

「考えすぎじゃないかな……」

手塚さんが呟く。

「わたし、手塚さんが〝隻〟の説明をしたとき、同じことを言いましたよね？」

「…………」

黙り込む手塚さん。

石上さんが、口を挟む。

「そういえば、ペンネームを登呂井隻に変えたとき、山ちゃんは、漢字の意味を詳しく説明してくれたわ。一生懸命、名前を考えてるんだから、ちゃんとわかってくれよって……」

わたしは、手塚さんに向かって、にっこり微笑む。

これで、わたしの話は、全て終わった。

みんな、何も言わない。黙って、目の前の皿に箸を伸ばしている。

「まぁ、登呂井隻の話を聞いてみないと、森永の話が正解かどうかは、何とも言えないな」

手塚さんの、負け惜しみっぽい声。

わたしは、溜め息混じりに言う。

「手塚さんは、わかってませんね？」

「なにが？」

「わたしは探偵じゃありません。一介のエディターです。謎解きが正解かどうかは、関係ありません。重要なのは、わたしの話を聞いた人が、何を考えてどう行動するか？——

これだけです」

わたしは、石上さんを見る。

しばらく考え込んでいた石上さんは、半分ほど中身の残っていたジョッキを一気に飲み干す。そして、目の前に置かれてる皿――ビビンバ、ししゃも、餅ベーコン、手羽先、焼き餃子などを空《から》にしていく。最後に大根サラダをモシャモシャ食べる。

まるで、これからの出来事に備え、エネルギーを満タンにでもしてるような感じだ。

丁寧に手を合わせると、富田林先輩に頭を下げる。

「今日は、ありがとうございました。退院してすぐに、暴飲暴食するわけにいきませんので、わたしはこれで失礼します」

「………………」

わたしたちは、石上さんの前に並んだ空の食器やジョッキを見る。暴飲暴食ね……。

石上さんが立ち上がる。

「お勘定《かんじょう》は――」

「気にせんでええ。今日は、女史の退院祝いなんやからな。おれらで出しとくから」

「ありがとうございます」

礼をすると、石上さんは店を出て行った。

「石上さん、大丈夫でしょうか？」

Qちゃんが心配そうに言った。

「大丈夫に決まってるでしょ」

わたしには、これから石上さんが何をするのか想像できる。だから、大丈夫。

「そやそや。それより、飲も飲も！」

富田林先輩が、ジョッキの追加注文をする。

「やけど、祝い事が一つ減ってしもたな……」

壁の横断幕を、寂しそうに見る先輩。

わたしは、ポンと手を打ち、手帳にサラサラと書く。

「だったら、これを祝いましょう！」

そして、手帳のページをちぎり、横断幕の下に貼った。

『祝！　手塚さん失恋記念！』

「おれが、いつ失恋したんだ！」

手塚さんの文句を無視して、わたしはジョッキを持つ。

「乾杯！」

追記：石上さんは、療養という名目で有給休暇を取った。

一週間後、登呂井隻が大怪我して入院したという噂が流れた。
退院した登呂井隻がどこに住むかは……知らない。

〈Fin〉

あとがき

どうも、はやみねかおるです。

ディリュージョン社の提供でお送りした『メタブックはイメージです』、いかがだったでしょうか？

前作に引き続き、新人エディターの森永美月《もりながみつき》に天才ライターの手塚和志《てづかかずし》、面倒見のいい富田林《とんだばやし》先輩を書くことができ、ぼくはとても楽しかったです。

☆

シリーズ二作目になり、書籍とメタブックの違いが、よりわかってきました。

（「わからずに書いてたのか！」という、呆れた声が聞こえてきます……）

今回のトリックは、その違いを意識することから生まれました。

メタブックの恐ろしさにゾクリとしていただけると、うれしいです。

☆

ぼくは以前、小学校の教師をしていました。

新規採用された春に、「半年間は、仮採用だよ」と言われたのを覚えています。

「仮採用＝《イコール》なにか問題を起こしたら懲戒免職」、そう思いました（いや、仮採用期間でなくても、問題起こしたら懲戒免職になると思いますが……）

もう少しで半年が過ぎようとする頃、単車に乗っていたら車にぶつけられました。

仮採用期間に事故を起こしたら、馘首《くび》！——そう考えたぼくは、事故現場から逃げ出したかったのですが、両膝の打撲で動けない。おまけに、事故現場が警察署前の交差点。あっという間に警察と救急車が来ました。

生まれて初めて、救急車に乗りました。

でも、事故の相手がとても良い方で、治療費も単車の修理費（エンジン以外、全損でした）も全額出してくださいました。

問題は、体です。

診断は、全身打撲で二週間の安静。しかし、仮採用期間中に二週間も休んだら馘首になると考えて、病院には「大丈夫ですから」と言い、帰宅しました。

大丈夫と言った手前、松葉杖《まつばづえ》を借りるわけにもいきません。五尺の杖にトンファーをくりつけて作った松葉杖で、歩いて出勤してました。

新人エディターの話を書いていて思い出した、前世紀の逸話です。
☆
教師のタマゴ時代、毎日、怒られて怒られて怒られて怒られて、たまに褒められて、また怒られて――。

そんな日々の繰り返しでした。

でも、毎日楽しかったのは、教室で子供達が待っててくれたからですね。

今、新入社員で、怒られて怒られて怒られて、たまに褒められて、また怒られての日々を繰り返してるみなさん――。

何か、励みになることはありますか?

決して、無理はしないでくださいね。

☆

物語の裏話を少し――。

今回、リーディングの舞台が山の中ということで、森永美月が大活躍します。

前作でも片鱗《へんりん》を見せましたが、どうして自然の中に入ると、彼女は能力を発揮するのか? やっぱり、生みの親の影響なんでしょうね。

そして、新キャラの九瑠璃《るり》さん。『九』が名字ですが、あえてルビは振りません。読み方を知りたい方は、ぜひ、本文を読んでください。

しかし、世の中には、粋な読み方の名前があるんですね。とても勉強になりました。

あと、物語の舞台は水分村。こちらも、読みは本文参照でお願いします。

☆

それでは、最後に感謝の言葉を――。

物語の根幹に関わるヒントをくださった、講談社文芸第三出版部の小泉直子さん。ありがとうございました。とても助かりました。

今回も、素敵な表紙イラストを描いてくださった、ながべ先生。ありがとうございました。（ニヴァウァに会えなくなって、ぼくは寂しいです）

奥さんと、二人の息子――琢人と彩人へ。今年のＧＷ《ゴールデンウィーク》は、睡眠時間を削って原稿を書いていました。でも、琢人も彩人も採用試験や模試の勉強で、大忙しでしたね。奥さんは、食べることしか楽しみのなくなったぼくらへの、ひたすら餌作り。なかなか思い出に残るＧＷでした。

そして、ここまで読んでくださったあなたへ。本当にありがとうございました。

☆

それでは、また別の物語でお目にかかりましょう。それまでお元気で。

では！

Good Night, And Have A Nice Dream!

著作リスト　二〇一八年七月現在

はやみねかおる

◆講談社　青い鳥文庫

〈名探偵夢水清志郎シリーズ〉

『そして五人がいなくなる』（一九九四年二月刊）
『亡霊《ゴースト》は夜歩く』（一九九四年十二月刊）
『消える総生島』（一九九五年九月刊）
『魔女の隠れ里』（一九九六年十月刊）
『踊る夜光怪人』（一九九七年七月刊）
『機巧《からくり》館《やかた》のかぞえ唄』（一九九八年六月刊）
『ギヤマン壺の謎』（一九九九年七月刊）
『徳利《とっくり》長屋《ながや》の怪』（一九九九年十一月刊）
『人形は笑わない』（二〇〇一年八月刊）
『「ミステリーの館」へ、ようこそ』（二〇〇二年八月刊）
『あやかし修学旅行―鵺《ぬえ》のなく夜―』（二〇〇三年七月刊）
『笛吹き男とサクセス塾の秘密』（二〇〇四年十二月刊）

『ハワイ幽霊城の謎』（二〇〇六年九月刊）
『卒業～開かずの教室を開けるとき～』（二〇〇九年三月刊）
『名探偵VS.怪人幻影師』（二〇一一年二月刊）
『名探偵VS.学校の七不思議』（二〇一二年八月刊）
『名探偵と封じられた秘宝』（二〇一四年十一月刊）

〈怪盗クイーンシリーズ〉
『怪盗クイーンはサーカスがお好き』（二〇〇二年三月刊）
『怪盗クイーンの優雅な休暇《バカンス》』（二〇〇三年四月刊）
『怪盗クイーンと魔窟王の対決』（二〇〇四年五月刊）
『オリエント急行とパンドラの匣《ケース》』（二〇〇五年七月刊）
『怪盗クイーン、仮面舞踏会にて —ピラミッドキャップの謎　前編—』（二〇〇八年二月刊）
『怪盗クイーンに月の砂漠を —ピラミッドキャップの謎　後編—』（二〇〇八年五月刊）
『怪盗クイーン、かぐや姫は夢を見る』（二〇一一年十月刊）
『怪盗クイーンと悪魔の錬金術師 —バースディパーティ　前編—』（二〇一三年七月刊）
『怪盗クイーンと魔界の陰陽師 —バースディパーティ　後編—』（二〇一四年四月刊）
『怪盗クイーン　ブラッククイーンは微笑まない』（二〇一六年七月刊）

『怪盗クイーン　ケニアの大地に立つ』（二〇一七年十月刊）
『怪盗クイーン　公式ファンブック 一週間でわかる怪盗の美学』（二〇一三年十月刊）
〈大中小探偵クラブシリーズ〉
『大中小探偵クラブ　—神の目をもつ名探偵、誕生！—』（二〇一五年九月刊）
『大中小探偵クラブ　—鬼腕村《おにかいなむら》の殺ミイラ事件—』（二〇一六年五月刊）
『大中小探偵クラブ　—猫又家《ねこまたけ》埋蔵金《まいぞうきん》の謎—』（二〇一七年一月刊）
『バイバイ スクール　学校の七不思議事件』（一九九六年二月刊）
『怪盗道化師《ピエロ》』（二〇〇二年四月刊）
『オタカラウォーズ　迷路の町のＵＦＯ事件』（二〇〇六年二月刊）
『少年名探偵ＷＨＯ《フー》—透明人間事件—』（二〇〇八年七月刊）
『少年名探偵　虹北《こうほく》恭助《きょうすけ》の冒険』（二〇一一年四月刊）
『ぼくと未来屋の夏』（二〇一三年六月刊）
『恐竜がくれた夏休み』（二〇一四年八月刊）
『復活!!　虹北学園文芸部』（二〇一五年四月刊）
『打順未定、ポジションは駄菓子屋前』（二〇一八年六月刊）

◆青い鳥文庫　短編集

「怪盗クイーンからの予告状」（『いつも心に好奇心《ミステリー》！』収録　二〇〇〇年九月刊）
「出逢い＋１《プラスワン》」（『おもしろい話が読みたい！　白虎《びゃっこ》編』収録　二〇〇五年七月刊）
「少年名探偵ＷＨＯ《フー》—魔神降臨事件—」（『あなたに贈る物語《ストーリー》』収録　二〇〇六年十一月刊）
「怪盗クイーン外伝　初楼《ういろう》—前史—」
（『おもしろい話が読みたい！　ワンダー編』収録　二〇一〇年六月刊）

◆青い鳥　おもしろランド

『はやみねかおる公式ファンブック　赤い夢の館へ、ようこそ。』（二〇一五年十二月刊）

◆講談社文庫

『そして五人がいなくなる』（二〇〇六年七月刊）
『亡霊《ゴースト》は夜歩く』（二〇〇七年一月刊）
『消える総生島』（二〇〇七年七月刊）
『魔女の隠れ里』（二〇〇八年一月刊）
『踊る夜光怪人』（二〇〇八年七月刊）
『機巧館《からくりやかた》のかぞえ唄』（二〇〇九年一月刊）
『ギヤマン壺の謎』（二〇〇九年七月刊）
『徳利《とっくり》長屋《ながや》の怪』（二〇一〇年一月刊）
『赤い夢の迷宮』（作／勇嶺薫《はやみねかおる》　二〇一〇年五月刊）

『都会《まち》のトム＆ソーヤ』①〜⑩（二〇一二年九月刊〜）

◆講談社BOX

『名探偵夢水清志郎事件ノート　そして五人がいなくなる』
（二〇〇八年一月刊　漫画／箸井地図《はしいちず》）

『少年名探偵　虹北恭助の冒険　高校編』（二〇〇八年四月刊　漫画／やまさきもへじ）

◆講談社　YA! ENTERTAINMENT

『都会《まち》のトム＆ソーヤ①』（二〇〇三年十月刊）
『都会のトム＆ソーヤ②乱《らん》！　RUN《ラン》！　ラン！』（二〇〇四年七月刊）
『都会のトム＆ソーヤ③いつになったら作戦《ミッション》終了？』（二〇〇五年四月刊）
『都会のトム＆ソーヤ④四重奏《カルテット》』（二〇〇六年四月刊）
『都会のトム＆ソーヤ⑤IN《イン》塀戸《VADE》』（上・下　二〇〇七年七月刊）
『都会のトム＆ソーヤ⑥ぼくの家へおいで』（二〇〇八年九月刊）
『都会のトム＆ソーヤ⑦怪人は夢に舞う〈理論編〉』（二〇〇九年十一月刊）
『都会のトム＆ソーヤ⑧怪人は夢に舞う〈実践編〉』（二〇一〇年九月刊）
『都会のトム＆ソーヤ⑨前夜祭（イブ）〈内人side〉』（二〇一一年十一月刊）
『都会のトム＆ソーヤ⑩前夜祭（イブ）〈創也side〉』（二〇一二年二月刊）
『都会のトム＆ソーヤ⑪DOUBLE《ダブル》』（上・下　二〇一三年八月刊）

『都会のトム&ソーヤ⑫IN《イン》 THE《ザ》ナイト』(二〇一五年三月刊)
『都会のトム&ソーヤ⑬黒須島《くろすとう》クローズド』(二〇一五年十一月刊)
『都会のトム&ソーヤ⑭夢幻《むげん》』(上/二〇一六年十一月刊、下/二〇一七年二月刊)
『都会のトム&ソーヤ⑮エアポケット』(二〇一八年三月刊)
『都会のトム&ソーヤ完全ガイド』(二〇〇九年四月刊)
「打順未定、ポジションは駄菓子屋前」
(『YA! アンソロジー 友情リアル』収録 二〇〇九年九月刊)
「打順未定、ポジションは駄菓子屋前、契約は未更改」
(『YA! アンソロジー エール』収録 二〇一三年九月刊)
『都会のトム&ソーヤ ゲーム・ブック 修学旅行においで』(二〇一二年八月刊)
『都会のトム&ソーヤ ゲーム・ブック 「館《やかた》」からの脱出』(二〇一三年十一月刊)

◆講談社ノベルス

「少年名探偵 虹北恭助の冒険」シリーズ(二〇〇〇年七月刊~)
『赤い夢の迷宮』(作/勇嶺薫《はやみねかおる》 二〇〇七年五月刊)
『ぼくと未来屋の夏』(二〇一〇年七月刊)

◆KC(コミック)

『名探偵夢水清志郎事件ノート』①~⑪(二〇〇四年十二月刊~ 漫画/えぬえけい)

『名探偵夢水清志郎事件ノート「ミステリーの館」へ、ようこそ』
（前編・後編　二〇一三年三月刊　漫画／えぬえけい）
『都会のトム&ソーヤ』①～③（二〇一六年六月刊～　漫画／フクシマハルカ）

◆講談社ミステリーランド

『ぼくと未来屋の夏』（二〇〇三年十月刊）

◆単行本

『ぼくらの先生！』（二〇〇八年十月刊）
『恐竜がくれた夏休み』（二〇〇九年五月刊）
『復活!!　虹北学園文芸部』（二〇〇九年七月刊）
『帰天城《かえりそらじょう》の謎　―TRICK《トリック》　青春版―』（二〇一〇年五月刊）
『4月のおはなし　ドキドキ新学期』（絵／田中六大　二〇一三年二月刊）

◆講談社タイガ

『ディリュージョン社の提供でお送りします』（二〇一七年四月刊）
「思い出の館のショウシツ」（『謎の館へようこそ』収録　二〇一七年十月刊）

本書は書き下ろしです。

〈著者紹介〉
はやみねかおる
三重県生まれ。『怪盗道化師《ピエロ》』で第30回講談社児童文学新人賞に入選し、同作品でデビュー。他の作品に「名探偵夢水清志郎」シリーズ、「怪盗クイーン」シリーズ、「虹北恭助」シリーズ、「大中小探偵クラブ」シリーズ、「都会のトム＆ソーヤ」シリーズなどがある。

メタブックはイメージです

ディリュージョン社《しゃ》の提供《ていきょう》でお送《おく》りします

2018年7月18日　第1刷発行　　定価はカバーに表示してあります

著者……………………はやみねかおる

発行者…………………渡瀬昌彦
発行所…………………株式会社 講談社
〒112-8001 東京都文京区音羽2-12-21
編集03-5395-3506
販売03-5395-5817
業務03-5395-3615

本文データ制作…………講談社デジタル製作
印刷……………………豊国印刷株式会社
製本……………………株式会社国宝社
カバー印刷………………慶昌堂印刷株式会社
装丁フォーマット…………ムシカゴグラフィクス
本文フォーマット…………next door design

ISBN978-4-06-512171-9　N.D.C.913　319p　15cm